आपकी कंपनी का अंत होना तय है

आपकी कंपनी का अंत होना तय है

अभिषेक व्यास

MANJUL
मंजुल पब्लिशिंग हाउस

MANJUL

मंजुल पब्लिशिंग हाउस

कॉरपोरेट एवं संपादकीय कार्यालय

• द्वितीय तल, उषा प्रीत कॉम्प्लेक्स, 42 मालवीय नगर, भोपाल-462 003

विक्रय एवं विपणन कार्यालय

• सी-16, सेक्टर 3, नोएडा, उत्तर प्रदेश, 201301

वेबसाइट : www.manjulindia.com

वितरण केन्द्र

अहमदाबाद, बेंगलुरू, भोपाल, कोलकाता, चेन्नई,
हैदराबाद, मुम्बई, नई दिल्ली, पुणे

आपकी कंपनी का अंत होना तय है

यह संस्करण 2024 में मंजुल पब्लिशिंग हाउस प्राइवेट लिमिटेड द्वारा प्रकाशित

यह हिन्दी संस्करण 2024 में पहली बार प्रकाशित

ISBN 978-93-5543-619-1

Cover image: shutterstock

मुद्रण व जिल्दसाज़ी : थॉमसन प्रेस (इंडिया) लिमिटेड

विषय-वस्तु

1

सत्य

''सच्चाई किसी भी व्यवसाय की शुरुआत करने के लिए बुनियादी शर्त है। जब तक हम अपने उद्देश्यों, लक्ष्यों और कर्तव्यों के प्रति निष्ठापूर्वक सत्य के साथ खड़े नहीं होंगे, तब तक हम सफलता अर्जित नहीं कर सकते।''

''मैं यह दावे से नहीं कह सकता कि जिस 'सत्य' की अनुभूति मैंने अपने इस 19 साल के व्यावसायिक सफ़र में की है, वह आपके लिए भी सत्य हो। ज़रूरी नहीं है कि जो राह मेरे लिए कारगर सिद्ध हुई है, वह आपके लिए भी उपयोगी साबित हो। मेरा जाना हुआ सत्य, आपका सत्य नहीं हो सकता। जिन विचारों को अमल कर मैं आज इस मुक़ाम पर पहुँचा हूँ, उन विचारों को अपनाकर आप भी सफल हो जाएँगे, यह कहना भी सत्य नहीं होगा। यक़ीन मानिए, मैंने अपनी कंपनी को पिछले कुछ सालों में ज़मीन से उठाकर, बाज़ार में स्थापित होने के लिए जो भी सत्य जाना है, वह सिर्फ़ मेरे हिस्से का सत्य है।''

''यह मेरे जीवन का सतत अनुभव है, जिसे मैंने प्रतिदिन जिया है, अपनाया है। मैं चाह कर भी इस सफलता का सत्य आपको नहीं दे सकता।''

सत्य कोई वस्तु नहीं है, जिसे माँगा जा सके, बाँटा जा सके। मैं अगर आपको अपनी कंपनी के सफलता के सारे राज बता भी दूँ और कहूँ कि फ़लाँ विधियाँ अपना कर एक सफल कंपनी बना सकते हो, तो भी सत्य नहीं होगा। मैं हर तरीक़ों का विवरण सच्चाई से दे दूँ, फिर भी यह आपके लिए असत्य होगा। सत्य को कहा नहीं जा सकता, क्योंकि इसकी कोई परिभाषा नहीं हो सकती। सत्य को लिखा नहीं जा सकता, क्योंकि यह कोई

शब्द नहीं है। यह मेरे लिखने, कहने और आप तक पहुँचने तक के सफ़र में परिवर्तित हो जाएगा। सत्य और शब्द में बहुत फ़ासला होता है। यह शब्द तक परिवर्तित होते ही असत्य हो जाता है, बदल जाता है। इसलिए आपसे निवेदन करना चाहूँगा कि अगर आप इस पुस्तक में कोई सफलता के सूत्र, एक साल में अरबपति बनने के तरीक़े या सफ़ल होने के सिद्धांत ढूँढ़ना चाहते हैं, तो यहीं रुक जाइए। क्योंकि अंत में निराशा होगी। फिर भी जो मैंने अपनी सफलता के लिए 'सत्य' जाना है, उसे लिखना चाहता हूँ ताकि इसे समझकर कोई अपने हिस्से का 'सत्य' जान सके।''

अपने इस सफलता के सफ़र में मेरा जाना कि सत्य, मात्र इशारा है। यह उस सत्य की तरफ़ संकेत भर कर सकता है, जिसके साथ चलकर मैंने सफलता अर्जित की है। पर आप इस इशारे को ही सत्य मान, सफलता की खोज करें तो यह भारी भूल होगी। मेरा सत्य मात्र कोई अँगुली, कोई दिशा, कोई सिद्धांत हो सकता है, जिसे बस सफलता का मंत्र समझा जा सकता है। पर इस मंत्र को ही सफलता मान लेना नासमझी होगी। सत्य का अर्थ है, अपने जीवन की अनुभूति। आप अपने अनुभव से जो पाते हैं, वही आपके लिए सत्य है। जो आप मानने के लिए तैयार हैं, वही आपके लिए सत्य है।

बहुत पहले एक ब्राह्मण थे। बहुत ही सीधे-साधे। उनका अधिकांश समय प्रभु की भक्ति में गुज़रता। जगह-जगह घूम कर वे भागवत कहते। जो कुछ मिल जाता प्रभु की इच्छा समझ कर संतुष्ट रहते। जीवन में संतुष्ट रहना भी एक तरह का रोग है। यह जो संतुष्ट रहने की बीमारी है, वह जीवन में किसी बाधा की तरह है। हमारा जीवन रहस्यों से भरा है। प्रकृति ने इस धरा को बहुत ही ख़ूबसूरत रहस्यों से सुगंधित किया है, यह उसका दिया सबसे ख़ूबसूरत तोहफ़ा है, जिसकी महक की अनुभूति करना ही हम मनुष्य का सौभाग्य है। आज मनुष्य अंतरिक्ष में कॉलोनियाँ बसाने की सोच रहा है। अगर हम धरती पर ही संतुष्ट रहते तो क्या यह संभव हो पाता? नहीं। सच पूछिए तो असंतुष्ट रहकर ही मनुष्य जीवन की नई संभावनाओं को तलाश सकता है। इसलिए कहता हूँ कि अगर आप जीवन में सफल होना चाहते हैं तो आपको असंतुष्ट रहना पड़ेगा। आप जिस मुक़ाम पर हैं और वहाँ संतुष्ट हैं, तो निश्चित ही इस बाज़ार के अन्य रहस्यों से साक्षात्कार नहीं कर पाएँगे। पर हम मनुष्यों को संतुष्ट रहने की सीख दी जाती है। हमें समझाया जाता है

कि जो है, उसमें संतुष्ट रहो, तुम्हारा यही भाग्य है। मुझे लगता है, जो भाग्य की बात करते हैं, वह वही लोग हैं, जिन्होंने मान लिया है कि वे जीवन में सक्षम नहीं हैं। यह मनुष्य के पुरुषार्थ के क्षीण होने की निशानी है। पर कौन व्यक्ति ख़ुद के पुरुषार्थ को दोष देने की हिम्मत करेगा, इसलिए हमने भाग्य को दोषी ठहराकर ख़ुद को सही कहने का आसान रास्ता जाना। इसलिए कहता हूँ, अगर आप अपने अस्तित्व को सर्वश्रेष्ठ रूप में विकसित करना चाहते हैं, तो आपको जीवन में असंतुष्ट रहना पड़ेगा। ना कि भाग्य के भरोसे बैठ कर किसी चमत्कार की प्रार्थना करें। याद रखिए, बाज़ार चाहे जीवन का हो, चाहे व्यवसाय का, यहाँ चमत्कार नहीं होते। दरअसल, इसकी आशा भी वही करते हैं, जो संतुष्ट होकर भाग्य के भरोसे बैठे हैं, और जो मान बैठे हैं कि इससे बेहतर कुछ और नहीं। ब्राह्मण देवता अपने जीवन से संतुष्ट थे। जीवन में जो मिलता, प्रभु की लीला समझकर प्रसन्न रहते।

एक बार राज्य में एक भव्य यज्ञ का आयोजन हुआ। राज्य के सभी पुजारी पंडित को राजा द्वारा निमंत्रण भेजा गया। ब्राह्मण देवता को भी उस आयोजन में जाने का अवसर मिला। यह एक भव्य आयोजन था, जिसका भव्य रूप से समापन हुआ। वहाँ पहुँचे सभी पुरोहित पंडितों को यज्ञ के बाद भेंट स्वरूप दक्षिणा में पशुदान किया गया। किसी को गाय मिली, किसी को बकरी और किसी को भेड़। ब्राह्मण देवता के हिस्से में एक पठानी घोड़े का बछड़ा आया, जिसकी उम्र कोई 6-7 महीने होगी। ब्राह्मण देवता ने प्रभु का धन्यवाद किया और उस बछड़े को कंधे पर टाँग घर की तरफ़ लौट चले। रास्ते में वे मन ही मन अपने भाग्य को कोस रहे थे और ख़ुद से यह सवाल भी कर रहे थे कि भला यह बछड़ा उनके किस काम का है? कोई गाय मिलती तो परम भाग्य होता, पीने को दूध भी मिल जाता और जो उसकी सेवा से पुण्य कमाता सो अलग। यहाँ ख़ुद के भोजन के लाले पड़े हैं, अब एक चिंता इसको खिलाने-पिलाने की अलग। इसी उधेड़बुन में वे जल्दी-जल्दी चले जा रहे थे। शाम हो गई थी। बछड़े के बोझ से कंधे भी थक रहे थे और मार्ग में पड़ने वाले ख़तरों का भय ब्राह्मण देवता अलग से सता रहा था।

ब्राह्मण देवता ने बमुश्किल से अभी एकाध मील की यात्रा की होगी कि उनके पीछे चार ठग लग गए। उनकी नज़र उस पठानी नस्ल के बछड़े

पर थी, जो उनके लिए एक अच्छा सौदा हो सकता था। उन चारों ने ब्राह्मण को ठगने की योजना बनाई और योजना के तहत वे चारों ठग कुछ-कुछ दूरी पर खड़े होकर ब्राह्मण देवता का इंतज़ार करने लगे। जैसे ही ब्राह्मण देवता पहले ठग के समीप पहुँचे, तो वह बोला, "राम, राम! पंडित जी, कहाँ इस खच्चर को टाँगे लिए जा रहे हैं? इतने बड़े ब्राह्मण होकर ऐसे बेकाम पशु को टाँग कर जाना, शोभा नहीं देता। मैं तो कहता हूँ इसे 10 रुपये में मुझे बेच दीजिए। आपका बोझ भी कम हो जाएगा और नक़द रुपये मिलेंगे, सो अलग।"

ठग की बात सुन ब्राह्मण देवता क्रोधित हो उठे, पर अपने गुस्से पर क़ाबू कर बोले, "बड़ा मूर्ख जान पड़ता है तू, जो घोड़े के बछड़े को खच्चर बोल रहा है, भगवान से डर और मुझे जाने दे।" इतना बोलकर पंडित जी ने अपने क़दम तेज़ कर दिए। ठग भी ढीठ होकर जाते-जाते पंडित जी को सुना गया कि "ग़ज़ब आदमी हैं आप महराज जी, बेवजह नाराज़ हो रहे हैं, एक तो आपके फ़ायदे का सौदा लेकर आया वरना इस कमज़ोर खच्चर के कोई दो रुपये ना दे।"

ब्राह्मण उस पहले ठग को नज़रअंदाज़ करके जा ही रहे थे कि तभी दूसरा ठग आ टकराया। उसने पंडित जी के चरण छुए, और बोला, "महाराज जी, बड़े भाग्य से आपके दर्शन हुए हैं। बड़ा नाम सुना है आपका। मैं तो कहता हूँ आपके आशीर्वाद जैसा जीवन में कोई बड़ा प्रसाद नहीं। लेकिन एक बात मुझे बहुत सता रही है। आप इतने बड़े पुरोहित होकर भला इस दुर्बल गधे को क्यों कंधे पर टाँगे हुए हैं, भला यह किस काम का? मैं तो कहता हूँ, छह-सात रुपये में मुझे बेच दीजिए। आपका आशीर्वाद समझ कर जीवन भर अपने क़रीब रखूँगा। इतना सुनते ही पंडित जी आगबबूला हो उठे और बोले, "बड़ा अधर्मी व्यक्ति मालूम पड़ता है तू, कहीं कुछ नशा कर के तो नहीं आया है, जो इस बछड़े को गधा कह रहा है। जा भाई, तू अपना काम कर और मुझे अपना काम करने दे।" पंडित जी तिलमिलाए चल दिए। परंतु पंडित जी के मन में यह भ्रम भी उत्पन्न होने लगा कि कहीं यह घोड़े का बछड़ा छोड़ कोई अन्य नस्ल का पशु तो नहीं। कुछ दूर आगे चलकर तीसरे ठग ने यही नाटक रचा। पंडित जी का माथा चकरा गया। उनका भ्रम अब धीरे-धीरे यक़ीन में बदलता जा रहा था। तभी पंडित जी की नज़र रास्ते में खड़े चौथे और आख़िरी ठग पर पड़ी, जो उनका पहले

से इंतज़ार ही कर रहा था। पंडित जी ने सोचा, ''चलो, इस भ्रम को इस व्यक्ति से पूछ कर दूर कर लेते हैं।'' पंडित जी चौथे ठग के पास पहुँचे और बोले, ''भैया, एक बड़ी असमंजस की स्थिति में हूँ। देखो ना इस बछड़े को, क्या ये कहीं से घोड़े की संतान छोड़ कर कोई खच्चर या गधा जान पड़ता है? मेरी जान में तो यह बछड़ा है, पर राह में कुछ सिरफ़िरे मिले। जो कभी इसको खच्चर बता रहे हैं, तो कभी गधा। तुम भले आदमी जान पड़ते हो, अब इसका फ़ैसला तुम ही कर दो कि यह कौन सा पशु है।'' ठग तो ठहरा ठग। वह तो योजना अनुसार पहले से ही इस मौक़े के लिए तैयार बैठा था। वह पंडित जी की तरफ़ देख कर ज़ोर से हँसा और बोला, ''महाराज जी, झूठ को तो मैं बहुत दूर से ही नमस्कार करता हूँ। आप पूज्यनीय हैं। आपका सम्मान पाने के लिए मैं आपकी हाँ में हाँ मिला दूँ, पर भोलेनाथ की क़सम मैं यह झूठ ना बोल पाऊँगा कि यह किसी घोड़े का बछड़ा है। झूठ बोल कर पाप नहीं कमाना। इसलिए अगर सत्य कहूँ तो यह एक अरबी नस्ल का खच्चर है, और यह बात मैं इतनी सत्यता से इसलिए कह सकता हूँ, क्योंकि मेरे एक दूर के चाचा अरब से ऐसा ही खच्चर लाए थे। वह पेशे से धोबी थे। यहाँ तक कि मैं बचपन में धोबी घाट में ऐसे ही एक खच्चर के पीठ पर बैठा-खेला हूँ। यह सुनते ही पंडित जी के पैरों तले ज़मीन खिसक गयी। मन ही मन राजा को बद्दुआ देकर अपने भाग्य को कोसा, फिर सकुचाते हुए उसने ठग से पूछा। ''भाई, तुम खच्चरों के ज्ञानी जान पड़ते हो, बता सकते हो इसकी बाज़ार में क्या क़ीमत होगी?'' ठग ने पंडित जी को ऊपर से लेकर नीचे तक देखा, फिर भवें टेढ़ी करते हुए बोला, ''कोई मूर्ख ही होगा, जो इतने बेदम खच्चर का सौदा करेगा। मैं होता तो इसके तीन रुपये भी ना देता।'' ''ढाई रुपये दोगे?'' पंडित जी बात ख़त्म होते ही बोले। ठग हँसा। ''दे तो देता, महाराज जी! अब आपकी बात काटने की भला किसकी हिम्मत! पर मैं कोई व्यापारी तो हूँ नहीं, मैं तो ठहरा ग़रीब मज़दूर। मेरी जेब में अभी मात्र 2 रुपये पड़े हैं। आप तैयार हो तो इस बोझ को मैं अपने कंधे पर उठाने के लिए तैयार हूँ।'' पंडित जी झट से तैयार हो गए और दो रुपये में संतुष्ट होकर पैदल ही घर की तरफ़ चल दिए। इसलिए कहता हूँ, सफलता के सफ़र में हमें सत्य को मानने की आदत बदलनी होगी। हम सत्य को तब तक हासिल नहीं हो सकते, जब तक हम चीज़ों को यथार्थ रूप से देखना शुरू ना कर दें।

सत्य का अर्थ है, 'जो है, उसकी वैसी ही समझ'। इसे माना नहीं जा सकता, इसे सिर्फ़ समझा जा सकता है। जो है उसको वैसे ही महसूस करना सत्य है। पर हम मनुष्य जाति की दुविधा यही है कि हम सत्य को कुछ सिद्धांतों, कुछ किताबों, कुछ कहानियों में मान बैठे हैं। अगर आप सत्य के क़रीब जाना चाहते हैं तो पहले हमें असंतुष्ट रहना सीखना होगा। जिसके लिए हमें मानना छोड़ना होगा। हमें चीज़ों को वैसे ही देखना होगा जैसी वे हैं। हम जो दूसरों की सफलता देखकर, उनके सत्य की खोज देखकर, उनके दिए सिद्धांतों, उनके दिखाए रास्तों को देखकर अपने जीवन का सत्य मान बैठे हैं, उसको हटाना होगा और आपको अपनी सफलता के लिए सत्य की राह ख़ुद तलाशनी होगी। अगर आप किसी के दिए कुछ सूत्रों को सफलता की राह मान चुके हैं तो आप उस सत्य के सफ़र पर चल ही नहीं पाएँगे, जो आपको सफलता के शिखर तक पहुँचाएगी। याद रखिए, हर किसी का संघर्ष अलग है, हर किसी का जीवन देखने, समझने का तरीक़ा अलग है। यहाँ तक सफलता और असफलता के मायने भी भिन्न हैं, इसलिए यह बिलकुल भी ज़रूरी नहीं कि इस बाज़ार के रहस्यों का सत्य आपके लिए वही हो, जो दूसरों के लिए है। इसलिए इस व्यावसायिक सफ़र में हमें अपनी सफलता के रास्ते तलाशने होंगे। जीवन में हमें अपने हिस्से का सत्य तलाशना होगा।

हम मनुष्य इस नवयुग के रचनाकार हैं। आज हमने धरती, आकाश, नदी, पहाड़, सब जीत लिया है। परंतु इसे और बेहतर करना है। किसलिए करना है? क्यों करना है? क्या कमी रह गई है? और फिर सब कुछ बेहतर कर देने के बाद क्या? यह सच इस पुस्तक में अंत तक ढूँढ़ने की कोशिश करेंगे। युगों से हम मानव जाति में अपने युग को बेहतर बनाने की होड़ लगी है। हम कुछ ऐसा रच देना चाहते हैं, बना देना चाहते हैं, जो धरती के अंत तक टिका रहे। परंतु इतिहास गवाह है कि किसी भी युग का अंत 'सच्चाई' की खोज के साथ ही हुआ है। वे सभी अपनी रचना को अद्भुत बताते थे, वे अपने युग को स्वर्णकाल कहते थे। परंतु कालचक्र के साथ सच्चाई बदलती गई, युगों के पन्ने बदलते गए। परंतु जिन्होंने जीवन का सच जान लिया, वे राम हो गए, कृष्ण हो गए, बुद्ध हो गए, स्वामी विवेकानंद हो गए।

मैंने अपने इस व्यावसायिक सफ़र में कई ख़ूबसूरत सच्चाइयों से सामना किया है। उनमें से एक बेहद ही ख़ूबसूरत 'सच्चाई' है कि अतीत को बदला नहीं जा सकता, वर्तमान से बचा नहीं जा सकता, केवल भविष्य को बचाने का कार्य ही वर्तमान में किया जा सकता है। सच पूछिए तो वर्तमान ही सत्य है। जो बीत चुका है वह अतीत है, आप जो पहले थे वह आज नहीं है। अतीत अनुभव हो सकता है, पर सत्य नहीं। और भविष्य, वह आपकी कल्पना मात्र है। चाहे अतीत हो या भविष्य इन दोनों का ही अस्तित्व इस क्षण नहीं है। सत्य है वर्तमान, जो है, इस क्षण है। चलिए इस कथन को एक कहानी के माध्यम से समझते हैं।

एक छोटे शहर के एक मध्यमवर्गी परिवार से एक लड़का, घर-परिवार का बोझ और ख़ाली जेबों में कुछ सपने लेकर रोज़गार की तलाश में दिल्ली, बेंगलुरू, मुंबई जैसे बड़े शहर पहुँचता है। उसके रिज्यूमे में भले ही हावर्ड्स, ऑक्सफ़ोर्ड की डिग्रियाँ ना हो, गूगल, आईबीएम जैसी प्रतिष्ठित कंपनियों में काम करने का ठप्पा ना लगा हो, परंतु उसके सपने और हौसले बुलंद हैं। वह इस व्यावसायिक दुनिया में एक ऐसा ईकोसिस्टम तैयार करना चाहता है, जिससे दूसरों को तो रोज़गार, समृद्धि मिले ही, साथ में उसके आदर्श, उसकी नीतियाँ, दूसरों का भविष्य तक प्रभावित कर सकें। इसी संकल्प के साथ वह दृढ़ निश्चय करता है कि जब तक वह एक सफल इंसान नहीं बन जाता, तब तक वह संतुष्ट नहीं बैठेगा।

''एक बड़ी सच्चाई यह भी है कि सपनों की उड़ान भरने के लिए ज़मीनी अनुभवों से बने पंख की ज़रूरत होती है। साथ में जो आर्थिक और मानसिक चुनौतियाँ हैं, सो अलग हैं।''

वह इस सफ़र में अब तक समझ चुका था कि सबसे पहले ख़ुद पर इन्वेस्टमेंट करने की ज़रूरत है। उसने सबसे पहले अपने करियर की शुरुआत एक आईटी सॉल्यूशन प्रदान करने वाली कंपनी में बतौर इंटर्न से शुरू की। फिर एक्सक्युटिव रोल, उसके बाद एक-दो कंपनियों में प्रॉडक्ट और सर्विसेज़ से संबंधित मार्केटिंग और सेल्स में अनुभव प्राप्त कर अन्य व्यावसायिक क्षेत्रों के कई पदों पर निष्ठा और लगन से काम करते-करते अगले नौ-दस सालों में हायर मैंनेजमेंट तक पहुँच गया। सब कुछ अच्छे से चल रहा था। सात डिजिट में सैलरी, अच्छा पद, घर की ज़िम्मेदारियाँ

निभाने की ताक़त और बेमिसाल अनुभव। कोई भी उससे मिलता तो कहता, ''तुम्हारी लाइफ़ सेट है।'' मित्रों और रिश्तेदारों के बीच उसकी छवि एक सफल व्यक्ति के रूप में होने लगी। परंतु अभी भी कुछ कमी रह गयी थी, शायद। आज भी अक्सर उससे वह इक्कीस साल का लड़का टकरा जाता है, जिसने घर छोड़ते वक़्त यह संकल्प लिया था कि जब तक वह सफल नहीं हो जाता, तब तक वह संतुष्ट नहीं बैठेगा। क्या सिर्फ़ पद, प्रतिष्ठा और धन ही सफलता का वह मानक है, जिससे किसी इंसान को तौला जा सकता है कि वह सफल है या नहीं? अक्सर यह सवाल वह ख़ुद में टटोलता रहता है। वह ख़ुद से पूछता रहता है, ''अब आगे क्या? क्या यही अंत है?''

जीवन की सबसे ख़ूबसूरत और दिलचस्प सच्चाई यह भी है कि हम जिसे अंत समझते हैं, दरअसल वही शुरुआत है। हम एक बीज रोपते हैं। उसे सींचते हैं। सिर्फ़ भाग्य के भरोसे बारिश के इंतज़ार में नहीं बैठते। धीरे-धीरे वह बीज एक पौधे का रूप लेता है। जब हम उस पौधे की अच्छे से नर्सिंग करते हैं तब जाकर वह पौधा पुष्प या फल देता है और हम मेहनत के फल का स्वाद चखते हैं। परंतु सफलता का स्वाद चखना भर मात्र अंत नहीं हो सकता। उस फल का पुनः बीज में परिवर्तन होना ही प्रकृति है, एक ईकोसिस्टम है। दरअसल, ये अंतहीन प्रक्रिया है। आप ख़ुद सोचिए एक बीज जिसे आप अपनी सोच या आइडिया कह सकते हैं, उसे अंकुर से तना, तना से पत्तियाँ, पत्तियों से पौधा और पौधे से फल देने वाला पेड़ बनाने की प्रक्रिया में उसने कितने मौसम की मार, कितने उतार-चढ़ाव देखे होंगे। तब जाकर एक विचार, एक सोच, एक संगठन या एक कंपनी का रूप लेती है। एक ऐसी कंपनी जिसके फल में आपकी सोच समाहित है। एक ऐसी कंपनी जिसके फल या परिणाम में आपके विचारों की मिठास हो। ऐसी सोच जिसे इस व्यावसायिक ईकोसिस्टम में सिर्फ़ अपनी क्षमता अनुसार टिके ही नहीं रहना है, बल्कि उन परिणामों से प्रेरित एक ऐसा बीज, एक ऐसी नस्ल तैयार करना है, जिनका उद्देश्य आपकी सोच, आपकी कंपनी को भविष्य तक ले जाना हो।

एक मुक़ाम पर ख़ुद को स्थापित कर चुका वह लड़का जो अपने क्षणिक सफलता को लेकर असमंजस की स्थिति में है। दरअसल, अभी तो सिर्फ़ उसके विचार, उसकी सोच इस ईकोसिस्टम में अंकुरित हो रहे थे। वह

तो अभी सिर्फ़ तकनीकी दाँव-पेंच, बारीक़ियाँ ही सीख पाया था। अभी तो उसे अपनी सोच को धरती पर उतारना बाक़ी था। उसे सींचना बाक़ी था। उसे मौसम की मार, बदलाव की बयार, उतार-चढ़ाव आदि देखना बाक़ी था। वह अपनी जिस कहानी को अंत समझ रहा था, दरअसल वह तो सिर्फ़ शुरू होने की प्रक्रिया मात्र है। इस प्रक्रिया को परिवर्तन की प्रक्रिया कहते हैं। जब कभी आपके मन में यह प्रश्न गोते लगाने लगे कि अब आगे क्या है, तब समझ जाइए आप परिवर्तन के लिए तैयार हैं।

सबसे पहले हमें इस सच्चाई से रूबरू होने की ज़रूरत है कि ''व्यवसाय सिर्फ़ एक व्यवस्था है, और परिवर्तन की प्रक्रिया, व्यवसाय में टिके रहने की पहली शर्त है।'' जब हम एक कंपनी या एक व्यवसाय शुरू करते हैं तो हमें ऐसी व्यवस्था या ईकोसिस्टम का निर्माण करना होता है, जिसके अंतर्गत हमारी कंपनी वर्षों तक फल-फूल सके। एक बेहतर ईकोसिस्टम की रचना करने के लिए एक कंपनी विभिन्न बदलावों के दौर से गुज़रती है। आप एमेज़ॉन को देखिए, यह कंपनी आज दुनिया की सबसे अधिक मूल्यवान कंपनियों में से एक है, पर क्या आप जानते हैं इस कंपनी की शुरुआत पुस्तकों के ऑनलाइन विक्रेता के रूप में हुई थी। यूट्यूब एक डेटिंग प्लेटफ़ॉर्म था। नेटफ़्लिक्स का शुरूआती व्यवसाय डीवीडी रेंटल सेवा था। ऐसी बहुत से कंपनियों के उदाहरण मिलेंगे, जिन्होंने समय की माँग को समझकर बदलाव किए और आज उनका नाम बड़ी कंपनियों में गिना जाता है। परंतु हमें यह भी ध्यान रखना है कि इसकी प्रक्रिया इतनी सहज नहीं है। अगर आप कहें, आपको बदलाव लाना है तो यह एक दिन में संभव नहीं है। आपको पहले एक क़दम उठना होगा, आने वाली चुनौतियों का आकलन करना होगा, रणनीतियाँ बनानी होंगी, भविष्य के जोख़िमों से निपटने के लिए विकल्प तलाशने होंगे। लेकिन कभी-कभी ऐसा भी होता है कि इतनी तैयारी करने का भी मौक़ा नहीं मिलता।

अनुभव के साथ भी यही हुआ। जिस कंपनी में वह काम करता था, वो कंपनी इन्वेस्टर्स और शेयर होल्डर्स के झगड़ों के बीच फँस गई। कंपनी में ताला लग गया। अब अनुभव के सामने दो विकल्प थे। एक तो यह कि अपने कंफ़र्ट ज़ोन में रहकर नौकरी तलाशे या फिर वह, वो राह तलाशे, जिससे वह ख़ुद दूसरों के लिए रोज़गार पैदा कर सके। अनुभव ने दूसरा

रास्ता चुना। वह घर लौटा और उसने एक स्टार्टअप की शुरुआत की। यह स्टार्टअप खाद्य पदार्थों से संबंधित था। और शहर भर के विभिन्न ऑफ़िसों में स्नैक्स सप्लाई करती थी। इसी बीच वह शादी के बंधन में भी बंध गया। यह अनुभव की ज़िंदगी का वह पड़ाव था, जहाँ वह बदलाव के कई दौर से गुज़र रहा था। आर्थिक संसाधनों की कमी से जूझ रही कंपनी, नई ज़िम्मेदारियों का अचानक जीवन में प्रवेश, भविष्य की चिंता और ख़ुद को स्थापित करने और अपने अस्तित्व को बचाने की लालसा के बीच, वह सबसे कष्टदायी बदलाव होता है, जो 'आपके आसपास मौजूद लोगों का बदलता नज़रिया' होता है। आप जब एक लंबे समय के बाद घर वापसी करते हैं तो एक वक़्त के बाद लोगों का आपसे पेश आने का तरीक़ा बदल जाता है। आपके क़रीबी लोग ही आपके पीठ पर असफलता का ठप्पा लगाकर आपको नकारा घोषित करना चाहते हैं। आप कितना भी कह लो कि आप लोगों की बातों की परवाह नहीं करते, पर उनके शब्द किसी भी हौसले की चट्टान को तोड़ सकते हैं। आपके विश्वास को डगमगा सकते हैं।

छोटे शहर या कस्बों की सबसे बड़ी विडंबना यही है कि यहाँ सपने और नई सोच ज़रूर जन्म लेते हैं, परंतु उड़ान भरने के लिए यहाँ आसमान बहुत सीमित है। आपकी सोच अक्सर पारंपरिक सीमाओं से टकराती है। एक मध्यमवर्गी शिक्षक पिता चाहेगा कि उसका बेटा डॉक्टर बने, इंजीनियर बने, परीक्षा की तैयारी कर सिविल सेवाओं में सेवाएँ प्रदान करे। एक दुकानदार चाहेगा कि उसका बेटा उसकी दुकान में सहयोग करे और उसके धंधे को आगे बढ़ाए। इन दायरों की बेड़ियों को एक बार हम तोड़ भी दें, पर इन जगहों पर संसाधन इतने कम हैं कि आपकी सोच को पनपने में, एक कंपनी को चलाने में काफ़ी चुनौतियों का सामना करना पड़ सकता है। पर अनुभव जिन सीमाओं में रहकर, जिन मक़सद, और जिन संभावनाओं की तलाश कर रहा था, उसके लिए उसका कस्बा सही जगह नहीं था। कॉर्पोरेट ऑफ़िसों में खाद्य ज़रूरतों की संभावना तलाश कर, माँग को एक सप्लाई चेन द्वारा पूरा किए जाने की सोच, इस कस्बे में असरदार साबित नहीं हुई। इसके पीछे कुछ आर्थिक कारण तो थे ही, साथ ही सीमित संसाधनों की वजह से सप्लाई चेन व्यवस्था की भी कमर टूट गई। व्यक्तिगत तौर पर अनुभव के लिए यह असफलता का पहला स्वाद था। असफलता का

पहला स्वाद कैसा होता है? आप कहेंगे कड़वा होता है, पर मैं कहता हूँ, सच्चा होता है। जब आप असफल होते हो, तो जीवन की तमाम सच्चाई पता चल जाती है। इंसान को कभी-कभी असफल होने की अनुमति होनी चाहिए। यह एक आईने की तरह काम करता है। जिस तरह आप आईने में अपनी सच्ची तसवीर देख सकते हो, उसी तरह आप असफलता से पूर्व में की गई ग़लतियों को निहार सकते हो। लोग अक्सर कहते हैं, ''यार, एक बिज़नेस बहुत मेहनत और लगन से शुरू किया था, क़िस्मत ख़राब थी, बंद करना पड़ा।'' क़िस्मत की बात अक्सर वह लोग करते हैं, जो असफलता से कुछ सीखना नहीं चाहते। असफलता हमारी उन कमियों को दर्शाती है, उन ग़लतियों को उजागर करती है, जो सफलता के रास्ते में पत्थर का काम करते हैं। हमें सफलता क़िस्मत के भरोसे नहीं मिल सकती। सफलता का मार्ग सिर्फ़ और सिर्फ़ हमारे अथक प्रयासों का नतीज़ा होता है। हो सकता है पूर्व की कोशिशों में हमें सफलता प्राप्त ना हुई हो, लेकिन हमें कभी प्रयास करना नहीं छोड़ना चाहिए। हम अतीत को बदल नहीं सकते। भले ही यह समाज आपका मूल्यांकन आपकी नाकामियों, आपकी सफलताओं से आँकता हो, पर आप चाह कर भी उसे नहीं बदल सकते, जो हो चुका है। हाँ, इतना ज़रूर है कि अतीत हमें सीख देकर जाता है। अतीत में किए गए मेहनत का ही फल सफलता और असफलता है। सफलता जहाँ कुछ और नए रास्ते खोजने का सीख देती है वहीं असफलता कमियों को सुधारने की सीख देती है। असफलता हमें सिखाती है कि हमें ग़लती दोहराने की अनुमति नहीं है, किसी ग़लत राह पर नहीं चलना चाहिए, जो आपको अपनी मंज़िल से भटकाए। बस इतना समझिए, सफलता और असफलता एक सिक्के के दो पहलू होते हैं। आप इसे हवा में उछालें, हो सकता है पहले दो-तीन बार में सफलता हासिल ना हो, परंतु एक बार तो सिक्का पलटेगा ही। इसलिए मैं कहता हूँ सफलता की पोशाक हमें रेडीमेड नहीं मिलती, सफलता को हमें दिन-प्रतिदिन बड़े बारीकी से बुनना पड़ता है।

पर यहाँ अनुभव के लिए असफल होने की अनुमति नहीं थी और ना ही कुछ और प्रयास करने के लिए उसकी आर्थिक स्थिति अच्छी थी। कंपनी डूबने के बाद उसकी हालत और भी गंभीर होती जा रही थी। वह आर्थिक और मानसिक तौर पर टूट चुका था। वह इस बुरे दौर से निकलने

की हर कोशिश कर रहा था। पर यह कोशिशें सिर्फ़ उस मछली की छटपटाहट की तरह प्रतीत हो रही थी, जो समंदर से भटककर किसी किनारे की रेत में जा फँसती है। अनुभव भी उसी दौर से गुज़र रहा था। जीवन का संकट सिर पर था और कोई रास्ता नज़र नहीं आ रहा था।

अनुभव के मन में तरह-तरह के विचार चल रहे थे। कभी वह किसी हिल स्टेशन पर जाकर कोई छोटी दुकान करने की सोचता तो कभी वह टैक्सी चला कर जीवनयापन करने की योजनाएँ बनाता। कुछ कर गुज़रने की लौ उसने अपने भीतर जलाए रखी।

एक बेहद ही ख़ूबसूरत सच्चाई यह भी है कि, ''इंसान को अगर पतन से बचना है तो उसे कुछ ना कुछ काम करते रहना चाहिए।'' इसलिए भले ही परिस्थितियाँ विपरीत थीं, परंतु कुछ बड़ा करने की संकल्पना अनुभव को शक्ति देती थी। वर्तमान की समस्याओं से निपटने के लिए उसे रोज़गार चाहिए था। इसलिए एक बार फिर उसने बेंगलुरू की तरफ़ रुख़ किया। मक़सद वही था, जीवन में कुछ बड़ा करना है।

यह सच्चाई हमें शुरुआत से ही पता होनी चाहिए कि जीवन में हमें जो कुछ भी करना है, हम जो कुछ भी कर रहे हैं, इसके पीछे हमारा क्या मक़सद है? आपने जिस नियत से एक कंपनी का निर्माण किया है, उसको किस दिशा में चलना है, कहाँ पहुँचना है, और कब तक चलाना है यह आपका मक़सद निर्धारित करता है। इस सफ़र में जब तक आप अपने मक़सद को स्पष्ट नहीं करते, तब तक लक्ष्य बनाना असंभव है। आप एक नाव लेकर समुद्र में निकल जाइए और आपको पता ही नहीं हो कि इसके सफ़र का मक़सद क्या है, आपको कब तक चलना है, कितनी दूर जाना है, किस दिशा में जाना है, लक्ष्य क्या है और आपको पहुँचना कहाँ है? इन सभी प्रश्नों की सच्चाई आपको पता ही नहीं चल पाएगी, आप भटक जाएँगे। आप अपनी नाव के लिए कोई बेहतरीन नाविक भी रख लीजिए लेकिन जब तक आप अपना उद्देश्य, अपना मक़सद स्पष्ट नहीं करेंगे, वह हर बार किनारे पर लौट आएगा, जहाँ से आपने शुरुआत की थी। इसलिए, एक कंपनी शुरू करने के पहले दिन से ही आपको यह सच्चाई भी पता होनी चाहिए कि आपका मक़सद क्या है। आगे इस किताब में हम मक़सद पर और भी विस्तार से चर्चा करेंगे।

इधर अनुभव अपने करियर की शुरुआती असफलता के स्वाद चखने के बाद भी हिम्मत नहीं हारा था। उसका मक़सद साफ़ था कि उसे कुछ बड़ा करना है। वह एक बार फिर बेंगलुरू पहुँचता है। वहाँ एक बड़ी मार्केटिंग कंपनी में उसे नौकरी मिल जाती है, जिससे उसे वर्तमान की चुनौतियों से सामना करने की हिम्मत मिलती है। अनुभव नौकरी के साथ ही अपनी एक मार्केटिंग कंपनी की नींव डालता है। जब आप उबरने की प्रक्रिया से गुज़र रहे होते हो, तो उस वक़्त यह बहुत ज़रूरी हो जाता है कि आप होश में रहकर काम करें। ऐसे वक्त से जीवन की हमें यह सच्चाई भी पता होनी चाहिए कि दिन हमेशा एक से नहीं होते। दिन है तो रात भी होगी, बुरे दिन हैं तो अच्छे दिन भी आएँगे। इसलिए हमें हमेशा होश में रहकर काम करना है। होश में रहकर ही हम अपने कर्मों से अवसर को तलाश कर सकते हैं। होश में रहने पर ही आपका मक़सद हमेशा आपकी आँखों के सामने रहेगा। कौन सी राह आपको मंज़िल की तरफ़ लेकर जाएगी, जब तक आप होश में नहीं रहेंगे, तब तक आपको पता नहीं चलेगा। होश में रहने पर ही हम अतीत में की गईं ग़लतियों को सुधार सकते हैं और होश में रहकर ही हम वर्तमान में मिलने वाली चुनौतियों को अवसर में बदल सकते हैं। और सबसे मुख्य बात होश में रहकर ही हम यह समझ सकते हैं कि हमारी इस बनाई व्यवस्था का भविष्य क्या होगा? अंत क्या होगा?

एक बहुत बड़ी सच्चाई यह भी है कि आप यह कंपनी अनंतकाल तक नहीं चलाने वाले, कभी न कभी आपको अपनी कंपनी छोड़नी ही पड़ेगी, इसलिए यह बात बहुत मायने रखती है कि आप अपनी कंपनी को कब तक ज़िंदा रखना चाहते हैं। मानव जीवन नश्वर है। फिर आपके जाने के बाद क्या? उस कंपनी का क्या होगा, जिसे आपने एक विज़न के साथ इतना आगे बढ़ाया है? अधिकांश लोग सोचते हैं कि उनका बनाया बिज़नेस उनके बच्चे संभालेंगे, परंतु आपके बच्चे आपके बिज़नेस में कितनी रुचि लेंगे, यह साफ़-साफ़ कह पाना आपके लिए भी असंभव होगा। इसलिए मैं बार-बार कहता हूँ, हमें सच्चाई से रूबरू होते रहना है।

मेरा यह किताब लिखने का मक़सद यही है कि आपको सच्चाई से रूबरू करा सकूँ। यह आपको बता सकूँ, कैसे एक कंपनी की नींव रखी जाए, जो भविष्य तक चलती रहे। जितने भी फ़ाउंडर होते हैं, उनका एक

यह सपना ज़रूर होता है कि उनका बनाया हुआ बिज़नेस उनके बाद भी चलता रहे, आपका भी होगा। हम सभी को अंत तक पहुँचना है। हम सभी को प्यार अंत तक चाहिए। हम सभी को पैसा आख़िरी साँस तक चाहिए। हम अनंत ब्रह्मांड का भी अंत या आख़िर कोना छू लेना चाहते हैं। हम सभी इस जीवन में विभिन्न माध्यम से सिर्फ़ अंत की तलाश में ही भटक रहे हैं। अंत में हम सब को कुछ बेहतर चाहिए। अगर मैं आपसे पूछूँ कि इस पृथ्वी पर आप अपनी रचना, अपनी कंपनी को कब तक देखना चाहेंगे? तो आपका जवाब सरल सा होगा 'अंत तक'। पर यह आप तब तक हासिल नहीं कर सकते, जब तक आप सत्य के क़रीब ना हों। सत्य आंतरिक अनुभूति है, जिसे हम सभी अपने जीवन में सफलता के रूप में हासिल करना चाहते हैं। पर चूक कहाँ हो जाती है? क्यों एक कंपनी, एक मुक़ाम हासिल करने के बाद धरातल पर आ जाती है? क्या किसी स्टार्टअप की उम्र सिर्फ़ चार-पाँच साल ही होती है? ऐसी तमाम कंपनियाँ हैं, जिनकी उम्र आज 1000 साल है, इस परिवर्तनशील ईकोसिस्टम में आज तक बने रहने का फ़ॉर्मूला क्या है? यह चर्चा हम इस पुस्तक में करेंगे। इसके साथ ही हम अनुभव के उस सफ़र का भी हिस्सा बनेंगे, जहाँ उसने एक कंपनी को तमाम संघर्ष के बाद अस्तित्व में तो ला दिया है पर उसका भविष्य क्या है? क्या वह अपने मक़सद में कामयाब हो पाएगा? उसके सफ़र का यह सत्य अभी जानना बाक़ी है। याद रखिए, इस संसार में जिस चीज़ का भी निर्माण होता है, उसका अंत भी तय है। सुनकर ज़रूर बुरा लगेगा कि आपने इतनी मेहनत, लगन, और एक सोच के साथ यह कंपनी खड़ी की है, उसका भी अंत निश्चित है पर उसकी एक्सपाइरी डेट क्या है। यह सत्य मैं अपने सतत अनुभव से बता सकता हूँ। अगर आप मुझे समय दें तो मैं सच्चाई और दावे से कह सकता हूँ कि किन कारणों के वजह से 'आपकी कंपनी का अंत होना तय है' और मुझे उम्मीद है कि यह बात आपको पुस्तक के अंत तक के सफ़र में 'सच्चाई' के साथ समझ में आ जाएगी।

2

कर्म

''मैं ईमानदारी से कहूँ तो व्यावसायिक सफ़र अनिश्चितता के धुंध से भरा है, और अगर आप इस यात्रा का आनंद लेना चाहते हैं तो यह सुनिश्चित करना पड़ेगा कि आपके कर्म प्रकाश का कार्य करें।''

एक बिज़नेस लीडर होने के नाते हमारे जीवन में कुछ विशिष्ट लक्ष्य होते हैं, जिसे हमें हर हाल में पूरा करना होता है। हमें अपने लक्ष्यों तक पहुँचने की जल्दी होती है। हम एक मुक़ाम हासिल कर ख़ुद को दूसरे शिखर पर देखना चाहते हैं। इन लक्ष्यों को पूरा करने के लिए हमें सौ जीवनकाल नहीं चाहिए। बल्कि हम इसी जीवन में बाज़ार के हर आयाम को छू लेना चाहते हैं। हम हर रोज़ कुछ नया करना चाहते हैं। बाज़ार के नए-नए रहस्यों को विभिन्न तरीक़ों से देखना चाहते हैं। जिसके लिए हम अपने कर्मों से हर संभव कोशिशें करते रहते हैं। ख़ुद को स्थापित करने के लिए विभिन्न अवसरों पर अपने पुरुषार्थ को आजमाते रहते हैं। पर जैसा कि हम जानते हैं हमारा जीवन सीमित है। हम चाहें कितना भी प्रयत्न कर लें, हम सबकुछ नहीं कर सकते। हम कितना ही बड़ा नेटवर्क बना लें, अपने मक़सद में कितने ही लोगों को जोड़ लें, फिर हमारे कार्य करने की एक सीमा होगी। फिर भी हम अपने जीवन में कुछ ऐसे कर्म कर सकते हैं, जिसके फल, जिसके परिणाम का लाभ मानव जाति हज़ार वर्षों तक उठा सकती है।

मुझे इस बात से बिलकुल भी हैरानी नहीं होती कि कुछ कंपनियों की आयु हज़ार साल से अधिक है। उनका इतना लंबा अस्तित्व अकारण नहीं है, ना ही यह कोई चमत्कार या क़िस्मत की बात है। यह दूसरों के लिए चमत्कार सिर्फ़ इसलिए प्रतीत होता है, क्योंकि सफलता का कोई सेट

फ़ॉर्मूला अपना कर भी कोई इनकी जगह नहीं पहुँच पाता। अपने बाज़ार को ही देख लीजिए, एक प्रॉडक्ट के हज़ारों नाम हैं। फिर भी बाज़ार में सफल कोई एक या दो ही हैं। फ़ॉर्मूला तो एक ही है ना, आलू काटो, तेल में तलो, पैकेट में भरो, बाज़ार में बेचो। हाँ, बेचने की विधियाँ अलग हो सकती हैं, पर फ़ॉर्मूला तो एक ही है। हम वह तमाम फ़ॉर्मूले, तमाम विधियाँ भी अपना लें, पर सफलता की कोई गारंटी नहीं है। फिर भी यह अकारण या चमत्कार नहीं है। इस सफलता का कारण सिर्फ़ कर्म है; जिसका प्रभाव, जिसका लाभ हज़ार सालों से इस धारा में फैल रहा है, पसर रहा है।

यह बात सत्य है कि इतनी बड़ी आबादी में सबसे अमीर आदमियों की संख्या सिर्फ़ 4 प्रतिशत है। जिनका प्रत्यक्ष और अप्रत्यक्ष रूप से बाज़ार पर नियंत्रण 50 प्रतिशत से अधिक है। हर किसी की महत्त्वाकांक्षा इस लिस्ट में शामिल होने की है। हम सफलता के लिए उनके बनाए फ़ॉर्मूलों पर चलने के लिए तैयार हैं। हमें लगता है कि उन फ़ॉर्मूलों को अपनाकर सफलता को स्पष्ट रूप से देख सकते हैं। पर हक़ीक़त में इस व्यावसायिक जीवन के सफ़र में अनिश्चितता की धुंध बहुत गहरी है। धुंध इसलिए है, क्योंकि हमें सब कुछ बहुत तेज़ी से चाहिए। हमारी आकांक्षा है कि हमारी गिनती उन चार प्रतिशत लोगों में हो। और यह सिर्फ़ यहीं तक नहीं है। हम इससे भी कहीं आगे बढ़ना चाहते हैं। सच पूछिए तो अगर मैं अपनी हर एक महत्त्वाकांक्षाओं को तवज्जो देना शुरू कर दूँ तो शायद इन्हें पूरा करने में सौ जन्म लग जाएँगे। इसलिए हम समय से तेज़ दौड़ना चाहते हैं। इस अनिश्चितता की धुंध में हम बहुत कुछ दाँव पर लगाते हैं, पर याद रखिए, उन्होंने जो कर्मों का सफ़र तय कर के सफ़लता अर्जित की है, उसका स्वाद वह भोगेंगे। और अगर आपको भी सफ़लता का स्वाद चखना है, तो आपको अपने कर्म करने होंगे। आपको ख़ुद अपने कर्मों के प्रकाश से आपके हिस्से में मिली धुंध को हटाना होगा। याद रखिए, आपकी जगह कोई और आपका काम करने नहीं आएगा। आप करोगे तो ही सफल हो पाओगे। पर यह सवाल भी बड़ा है कि आख़िर कर्म क्यों और कैसे, जिससे हम अपने हिस्से की सफलता पर आनंदित हो सकें, उन्हें कैसे अपनाया जाए?

''मेरे लिए सफलता मेरे पूर्ण कर्मों का फल है, जिसे मैंने जैसे बोया था, उसका वैसा ही फल भोग रहा हूँ।''

हमें यह समझना ज़रूरी है कि आख़िर हम 'कर्म' क्यों करते हैं? अगर आप को लगता है कि इसके पीछे आप हैं तो यह ग़लतफ़हमी होगी, क्योंकि आपको चलाने वाला कोई और नहीं, बल्कि आप के विचार हैं। कर्म की उत्पत्ति कहीं और से नहीं, बल्कि आपके विचारों से होती है। यह सीधा सरल सा है। आप एक आइडिया के साथ आते हैं और फिर उसे धरातल पर उतारने के लिए कार्य करते हैं। हम अकस्मात कुछ नहीं कर जाते, हम अपने जीवन में तमाम अनुभवों और कल्पनाओं से जन्मे विचारों को अपने अचेतन मन में इकट्ठा करते रहते हैं। फिर जिन विचारों को हम अपने कर्मों से सींचते हैं उसका ही फल या कह लें, परिणाम भोगते हैं। फिर यह कर्म फलित होंगे या नहीं, यह आपके विचारों की परवरिश की बात है, यह आपके कर्मों की ही बात है।

मनुष्य जो कुछ भी सही-ग़लत काम करता है वह उसके मन-मस्तिष्क की ही उपज है। इसलिए मेरा मानना है कि अगर हम अपने विचारों को सच्चे आदर्श और जागरूकता के साथ पोषित करें तो निश्चित ही हमारे कर्म फलित होंगे। कर्म ही वह औज़ार है, जिससे मनुष्य अपनी ज़िंदगी का निर्माण करता है, अपने चरित्र को तराशता है और अपने किरदार या कह लें, पहचान को समाज के लिए परिलक्षित करता है।

अब आते हैं, दूसरी बात पर। आख़िर मनुष्य कर्म क्यों करता है? जब लोग पूछते हैं कि आप क्या काम करते हैं, तो दरअसल वह आपका मूल्यांकन करते हैं। वे आपके कर्म से आपके धन, दौलत, शोहरत का हिसाब लगाते हैं। दरअसल, वे आपके किरदार का मूल्यांकन करते हैं। आप माने या ना माने मनुष्य के अधिकांश कर्म इस मूल्यांकन में खरे उतरने के लिए घटित हो रहे हैं। अगर मैं मनुष्य की सबसे बड़ी महत्त्वाकांक्षा के बारे में बात करूँ तो वह प्रशंसा पाने की ही इच्छा है। हम हर मामले में ख़ुद को बेहतर सुनना चाहते हैं। हम चाहते हैं कि हमारा प्रभाव बड़ा हो। फिर हमारे कर्म इन्हीं प्रशंसा, ऐसे ही प्रभाव के खोज में घटित होने लगते हैं। दरअसल, यह सिर्फ़ प्रतिक्रिया है।

कर्म यानी काम वह है, जिससे आपका कोई उद्देश्य सिद्ध हो। ऐसा उद्देश्य, ऐसा मक़सद, जिसके लिए हम अपने कर्मों से समर्पित हो सकें। हो सके तो अपने मक़सद और विचारों को लिखिए और अपने कार्यालय

और घर की दीवारों पर चिपका दीजिए, चाहे दिन हो या रात इन्हें अपने अंदर फलने-फूलने दीजिए, यह बात हमेशा याद रखिएगा कि महान कार्यों का जन्म मन-मस्तिष्क में पल रहे इन्हीं विचारों से होता है। बस यह समझ लीजिए हमारा कर्म या काम वह चूल्हा है, जहाँ हमें वही मिलता है, जो हम पकाते हैं।

अगर आपकी भी आकांक्षा है कि आप अपने उद्देश्य की पूर्ति कर एक प्रभावशाली व्यक्तित्व के स्वामी बने तो आप यह फ़ॉर्मूला, "विचार से कर्म, कर्म से आदत, आदत से चरित्र और चरित्र से किरदार" अपने जीवन में उतारिए। मैं गारंटी से कहता हूँ अगर इस सफ़र में आपके कर्म पूर्ण हैं तो फल प्राप्त करना निश्चित रूप से तय है। आपकी गिनती ज़रूर प्रभावशाली व्यक्तियों में होगी। परंतु एक विचार से एक किरदार बनाने में समय लगता है। ऐसा नहीं है कि आज बीज रोप दिया और कल उसके एक फलदार वृक्ष में परिवर्तित होने या बनने की लालसा करने लगे।

किसी विचार की परवरिश में समय लगता है। आप सिर्फ़ फल की ही बात कर लीजिए, उसे भी टिकोरे से पकने में वक़्त लगता है। इस दौरान वह कई परिवर्तनों, कई बदलावों के दौर से गुज़रता है। वह ख़ुद को उसके अनुरूप ढालता है। व्यवसाय भी ठीक ऐसा ही है, इसलिए मैं यह बार-बार दोहराता हूँ कि "परिवर्तन की प्रक्रिया ही एक सफल व्यवसाय की पहली शर्त है। जिसने अपने विचारों को इस परिवर्तन की प्रक्रिया के अनुरूप ढाल लिया, उसे फल मिलना तय है। परंतु ये फल खट्टे हैं या मीठे, सफल हैं या असफल, यह आपका चरित्र तय करता है।"

चरित्र कैसे निर्माण होता है? आपके विचारों की परवरिश से। हालात कैसे भी हों, अच्छे या बुरे, सुख भरे या दुःख भरे, मायने यह रखता है कि हम अपने विचार की परवरिश कैसी कर रहे हैं। एक कंपनी कई दौर से गुज़रती है। एक नन्हे से पौधे को कितनी ही परवरिश करनी पड़ती है। उसके बड़े और मज़बूत होने तक कितनी ही देखभाल करनी पड़ती है। क्या हम इस दौरान इसकी कटाई-छंटाई नहीं करते? क्या इसकी सड़ी-गली कमज़ोर डालियों और पत्तियों को नहीं हटा देते? ये कमज़ोर शाखाएँ ही हमारी इच्छाएँ, हमारी कामनाएँ हैं। जहाँ विचार होता है, इच्छाएँ और कामनाएँ स्वतः उसके साथ आ जाती हैं। इन्हीं को हमें त्यागना है। कब तक? जब

तक एक नन्हा पौधा एक मीठे फलदार वृक्ष में ना बदल जाए, हमें अपने मक़सद से एक पल भी अलग नहीं होना चाहिए। सर्वाइवल ऑफ़ फ़िटेस्ट की परिभाषा भी यही कहती है, जो गुणी और साहसी हैं, वही अस्तित्व में रहेगा। जो इच्छाएँ और विचार आपके उद्देश्य के लिए स्वस्थ हैं, उन्हें सहेजते चलें, और जो कामनाएँ ग़लत हैं, उन्हें त्यागने का साहस रखें।

आप अपने विचारों को फलित करने के लिए जो भी काम करते हैं, वही कर्म है। इसलिए कहता हूँ, अगर आपके विचार और मक़सद सच्चे हैं, तो उन कर्मों का भी निश्चित रूप से फल मिलेगा, कर्मपूर्ण होगा। मान लीजिए, आप सच्चाई के साथ एक विचार रखते हैं कि आपको शिक्षा के क्षेत्र में कुछ करना है, समाज को शिक्षित करना है। आप क्या करेंगे? आप पहले शिक्षा अर्जित करेंगे, डिग्रियाँ इकट्ठी करेंगे, कुछ बच्चों को ट्यूशन पढ़ाएँगे, किसी विद्यालय में शिक्षक बनेंगे। यह सब करना ही कर्म है, और इन कर्मों से अगर एक भी बच्चा शिक्षित हो पा रहा है, तो वही इस विचार का फल है।

अब यह आप पर निर्भर है कि आप अपने विचारों को किस दायरे तक प्रसार करना चाहते हैं, और आप अपने विचारों को कहाँ तक फैलाना चाहते हैं। पर एक बात हमेशा याद रखें, आपके विचारों का कोई बंधन नहीं होता। यह दिन-प्रतिदिन विकसित होते हैं, हमेशा गतिशील होते हैं, इसलिए यह ज़रूरी है कि हम कर्म बाध्य ना हो जाएँ, किसी कर्म बंधन में नहीं फँसे। कर्म बाध्य और कर्म पूर्ण में बड़ा अंतर है। अगर आपके कर्म पूर्ण नहीं हैं, तो मैं निश्चित ही कह सकता हूँ, "आपकी कंपनी का बंद होना तय है।" आख़िर कर्म पूर्ण कैसे होंगे और कर्म पूर्ण करने के लिए क्या करना होगा? इसका सीधा-सा जवाब है कि हमें कर्म बाध्य नहीं होना है। विचारों को हमेशा गतिशील रखना है, उन्हें फैलने और पसरने देना है। वह सारे काम जो आपके विचारों को फैलने से रोकते हैं, वही कर्म बाध्य है, कर्म बंधन है।

विचारों के धरातल का पुष्पित होना ही कर्म है। इसलिए एक सफल उद्यमी वही मनुष्य हो सकता है, जो एक नए विचार को वास्तविकता का रूप दे सके, उसे धरातल पर उतार सके। और जो कर्म इसे पुष्पित होने से रोकते हैं, वही कर्म बंधन है।

पिछले उदाहरण से समझते हैं। आप एक विचार के साथ अपने जीवन के सफ़र में निकलते हैं कि आपको शिक्षा के क्षेत्र में कुछ करना है, समाज को शिक्षित करना है। आप तमाम कर्म करके एक विद्यालय में शिक्षक बन जाते हैं। वहाँ लुभावने वेतन के साथ तमाम सुविधाएँ मिलती हैं। आप सोचते हो बस इससे अच्छा कुछ नहीं हो सकता, मेरी लाइफ़ सेट है।

देखा जाए तो आपने अपने विचारों को सीमित कर लिया है। आज आप सौ लोगों को शिक्षित कर रहे हैं, और आप ख़ुश हैं। मैं पूछता हूँ, जब समाज को शिक्षित करना ही एकमात्र संकल्प था, तो इसका प्रसार सिर्फ़ कुछ लोगों या किसी पद तक क्यों सीमित है?

आप किसी यूनिवर्सिटी में प्राध्यापक बनकर अपने विचार का प्रसार कर सकते थे, आप थोड़ा और संघर्ष और मेहनत करके ख़ुद एक स्कूल खोल सकते थे। आपने अपने विचारों को पूरी तरह फलने-फूलने नहीं दिया। यही बंधन है, और यह बंधन और कुछ नहीं, एक कान्ट्रैक्ट है बस। यह आपके विचारों का जीवन से सुलझने का एक तरीक़ा मात्र है। पर जीवन तो सुलझाने का नाम नहीं है। आप जितना सुलझाने की कोशिश करेंगे, उतना ही उलझते जाएँगे। जीवन का असली अर्थ है- संघर्ष। वही संघर्ष जो एक बीज, बीज से अंकुर, अंकुर से तना, तने से डालियाँ, डालियों से पत्तियाँ, पत्तियों से कलियाँ और कली से मुकुल और मुकुल से फल बनने के लिए एक पेड़ करता है। इस संघर्ष को सुलझाया नहीं जा सकता। संघर्षों को बस जिया जा सकता है। इसलिए कहा जाता है कि मनुष्य को कर्म करते रहना चाहिए।

श्रीकृष्ण जब कहते हैं कि कर्म करो, फल की चिंता मत करो, तो इसका सीधा सा अर्थ है कि वर्तमान में जियो। अपने होकर जियो। वर्तमान को रस लेकर जियो, अपने कर्मों में ऐसे रम जाओ कि कल कि सुध ना लगे। आप बाहर जो संघर्ष, रिश्ते, कर्तव्य आदि देख रहे हैं, उनसे आपका नाता सिर्फ़ व्यावहारिक होना चाहिए, असल प्रेम तो सिर्फ़ उससे होना चाहिए जो आपको चला रहा है, और वो हैं आपके विचार, आपका मक़सद।

यह दुनिया आकांक्षाओं से भरी है, प्रश्नों से भरी है। जब आपको लगेगा यह प्रश्न सुलझा लिया, तभी दूसरा प्रश्न सामने होगा। जब कभी आप एक समस्या का हल निकालेंगे, तो दूसरी समस्या आपके विमुख

होगी। जब आपको लगेगा मैंने यह मुक़ाम पा लिया है, तो स्वयं ही नए लक्ष्य सामने नज़र आने लगेंगे। इनसे आप भाग नहीं सकते, क्योंकि इसी को दुनिया कहते हैं। आप दुनिया से भाग कर कहाँ जा सकते हैं? संघर्ष इसलिए है, क्योंकि आपको इसे अपनाना पड़ेगा, संघर्ष इसलिए है, क्योंकि कोई आपके भीतर है, जो किसी बंधन में नहीं बँधा है। भीतर कोई है, जिसे इन सारे प्रश्नों के उत्तर चाहिए।

विवाह को शादी का बंधन कहा जाता है। यह दो विचारों का कान्ट्रैक्ट ही तो है। शादी से पहले लोग कुंडली मिलान करते हैं, गुण मिलान होता है। क्यों! इसके पीछे तर्क देते हैं कि गुण मिलने से विचार मिलेंगे। और जब विचार मिलेंगे, तो जीवन के प्रश्नों के उत्तर ढूँढ़ने में आसानी होगी। शादी टूटने के बाद अक्सर लोगों को कहते सुना है कि उससे मेरे विचार नहीं मिलते थे, इसलिए अपने आसपास हमेशा ऐसे लोगों को चुनिए या काम करिए, जिनसे आपके विचार मेल खाते हों। नौकरी क्या है? यह एक कान्ट्रैक्ट ही तो है। जहाँ आपकी कंपनी में आपकी कंपनी के विचारों के साथ काम करने के बदले में वेतन दिया जाता है। यह दुनिया ऐसे ही तो चल रही है। यह बिज़नेस, यह व्यवस्था ऐसे ही तो काम करता है। यह कर्म बंधन ही हमारा कर्तव्य है। इनसे हमने जो भागने की कोशिश की, वहीं हम अपने विचारों में उलझ जाएँगे, फँस कर रह जाएँगे। इसलिए कहता हूँ, इन्हें रस लेकर निभाइए। यह जीवन के जो संघर्ष हैं, इनका एक दायरा बनाइए। इन कर्म बंधनों, इन संघर्षों का एक दायरा इसलिए भी ज़रूरी है, क्योंकि यही एक तरीक़ा है, जिससे आपके विचार भलीभाँति फल-फूलकर आपका किरदार रच सकते हैं। आपके किरदार का प्रचार-प्रसार कर सकते हैं। एक ऐसा किरदार जिसे आप प्रभावशाली कह सकते हैं। जब आपके कर्म किसी बंधन में ना बँधे हों, तभी वो कर्म पूर्ण कहलाएँगे।

अनुभव जोख़िम उठाने के लिए तैयार है। उसने अपने जीवन में अब तक कई पड़ाव देखे हैं, जिसमें उसे मुख्यत: निराशा और असफलता ही हाथ लगी। लेकिन उसके भीतर पल रहे विचार, उसके संकल्प बड़े हैं। वह अवसर की तलाश में एक बार फिर बेंगलुरू पहुँचता है। अपने जीवन में हर इंसान कभी ना कभी ऐसे परिस्थितियों से गुज़रता है जब वह अपने लक्ष्य, अपने मक़सद से भटक जाता है। इसे लोग मज़बूरी या विवशता का नाम दे

देते हैं। शब्दों में यह विवशता अनेक रूप में हो सकती है, फिर चाहे वह ज़िम्मेदारी के रूप में हो या फिर किसी नौकरी के रूप में, वह किसी दबाव का रूप हो सकता है तो कोई लालसा भी हो सकती है। दरअसल यही कर्म बंधन हैं। पर मैं इसे समय की सच्चाई कहता हूँ। इस सच्चाई से मैं आपको पहले भी अवगत करा चुका हूँ कि वर्तमान से बचा नहीं जा सकता। हो सकता है कि वर्तमान की परिस्थितियाँ आपके अनुकूल ना हों, हो सकता है अभी समय की माँग कुछ और हो, पर इसका मतलब यह क़तई नहीं है कि हम अपने विचार, अपने मक़सद पर ताला लगा कर इन्हें अपने भीतर किसी तहख़ाने में दफ़न कर दें। क्योंकि ऐसा करना ख़तरनाक है। ख़तरनाक इसलिए कहता हूँ क्योंकि ऐसा करने से अपने भीतर एक द्वंद्व की स्थिति उत्पन्न हो जाती है। एक संघर्ष स्थिति बन जाती है। लोग अक्सर यही ग़लती कर देते हैं। वे बाहरी लड़ाइयों में इतने उलझ जाते हैं कि उन्हें अपने भीतर के द्वंद्व दिखाई नहीं देते। वह भीतर की बड़ी लड़ाइयों को छोड़ कर बाहरी छोटी लड़ाइयों में जूझते रहते हैं। हम यह नहीं जान पाते कि कौन-सा संघर्ष हमारे लिए उचित है। असली संघर्ष उन विचारों, उन विकारों से मुक्त होना है जो हमारे कर्म पूर्ण होने में बाधा बन रहे हैं। जैसे-जैसे हम अपने भीतर के संघर्ष को महत्त्व देना शुरू करते हैं, वैसे-वैसे हम बाहरी चुनौतियों का सामना करने के लिए भी सक्षम होते जाते हैं।

अनुभव भी वर्तमान की कुछ ऐसी ही चुनौतियों से जूझ रहा था। कुछ कर गुज़रने का संकल्प और कुछ असफल प्रयासों के बोझ के साथ, एक बार फिर वह मंज़िल की तलाश में वापस बेंगलुरू पहुँचा था, अपने पहले प्रयास में असफल होकर। जीवन में असफल होना कोई बड़ी बात नहीं है। हर मनुष्य अपनी क्षमता अनुसार मंज़िल को पाने के लिए प्रयास करता है। कुछ प्रयास सफल होते हैं, तो कुछ प्रयास असफल। इसलिए कहा जाता है कि सफल और असफल होने की लिए मनुष्य अपनी क्षमताओं में नहीं, अपने प्रयासों में भिन्न होता है। सफलता और असफलता उस सिक्के के खेल की तरह है, जहाँ सफलता सिर्फ़ आपके प्रयासों पर निर्भर करती है। यह तो खेल है, यह बड़ी बात नहीं है। बड़ी बात यह है कि आप उस असफलता का बोझ ढोने में कितने सक्षम हैं। असफलता का बोझ कैसा होता है? क्या इतना भारी होता है कि सारी उम्मीदें इसके भार तले हाँफने लगती हैं? क्या इसके लगे ठप्पे का रंग इतना गहरा होता है कि यह आपकी

सूझ-बूझ पर परदा डाल देता है? या फिर यह बेड़ियों का रूप धारण कर आता है, जिसके क़ैद से छूटने की छटपटाहट मनुष्य को तोड़ के रख देती है? दरअसल यही अंधकार है, जहाँ से खड़े होकर आपको कुछ नहीं दिखता, आपकी परछाई भी नहीं। ऐसा अंधकार जहाँ आप कोई अपना ढूँढ़ते रहते हो पर वहाँ आपको आपके सिवा कोई नज़र नहीं आता। वो सगे-संबंधी जो कल तक आपको प्रेमपूर्वक सराहते थे, वह आपसे मुँह फेरने लगते हैं। वे सारे मित्र जिनको आपने अपनी खुली बाँहों से स्वीकार किया था, उन सारे मित्रों के घर के दरवाज़े बंद मिलेंगे। ऐसा अंधकार कि आप उम्मीद के दरवाज़े पीटते रह जाओगे, इस इंतज़ार में कि अभी कोई रास्ता बाहर निकलेगा और आपको इन सब से बहुत दूर ले जाएगा, पर वहाँ से आता है सिर्फ़ एक जवाब कि वह उम्मीद घर पर नहीं है, गई है कहीं दूर, आपसे बहुत बहुत दूर। आप अपने विश्वास को लेकर भटकोगे बाज़ारों में लेकिन धीरे-धीरे यह अहसास आपको दिला दिया जाएगा कि इस चीज़ की कोई क़ीमत नहीं है। अंधकार की भला क्या क़ीमत होती है? वह अंधकार जिसे तोड़ने के लिए सिर्फ़ एक बूँद रोशनी काफ़ी है। और वह रोशनी कहीं और नहीं अपने भीतर ही है, जिसे ढूँढ़ना है। लोग ढूँढ़ते रहते हैं रोशनी, बाहर कहीं, किसी सूरज के इंतज़ार में। लेकिन बाहर सिर्फ़ धुंध है, सिर्फ़ निराशा, हताशा, अविश्वास, भटकाव आदि, वह सारे पदार्थ मौजूद हैं, जो आपको परत दर परत नीचे गर्त में धकेल देना चाहते हैं। इसलिए कहता रहता हूँ, आप अपने भीतर अपने विचारों की लौ हमेशा प्रज्ज्वलित करते रहिए। विचारों की लौ हमेशा प्रज्ज्वलित करते रहना ही कर्म है और आप में वह ज़िद होनी चाहिए, वह जुनून होना चाहिए जो इस लौ को बुझने ना दे। और जब एक ज़िद, एक जुनून के साथ आप अपने किसी विचार, किसी मक़सद को पूरा करने के लिए निरंतर कर्म करते रहते हैं तो आपका विचार प्रकाशमान हो कर बाहर फैल जाता है। तो यही सारे कर्म आपकी आदत में शुमार हो जाते हैं। वही आदत जिससे आप अपने विचारों को पनपने के लिए ज़मीन तलाश पाते हो, रास्ते बना पाते हो। इसलिए कहता हूँ, कर्म करते रहिए क्योंकि कर्म में वह शक्ति है, जो जीवन के हर भार को भाप की तरह हवा में वाष्पित कर सकती है।

अनुभव ने यह तय किया कि जब तक वह अपने मक़सद में कामयाब नहीं हो जाता, तब तक वह संतुष्ट नहीं होगा। जीवन में संतुष्ट होना भी एक

बड़ी चुनौती है। क्योंकि इसे आप अपने सिर्फ़ भीतर से महसूस कर सकते हैं। दुनिया की कोई भी चीज़ आपको संतुष्ट नहीं कर सकती, जब तक वह आपके भीतर से महसूस ना हो। आपका भीतरी मन किसी अबोध बच्चे की तरह है। यह ज़िद पकड़ कर बैठ जाता है। किसी बच्चे ने अगर ज़िद पकड़ ली कि उसे आसमान में चमक रहा चाँद चाहिए तो दुनिया की कोई और दूसरी मूल्यवान चीज़ उसे नहीं लुभा सकती। माताएँ तरह-तरह के पकवान बना कर लाएँगी, पिता पसंदीदा खिलौनों का प्रलोभन देगा। भाई-बहन रिझाएँगे, फुसलाएँगे। लेकिन सब प्रयास विफल, सब लुभावन व्यर्थ। आप इसे सफलता के सूत्र की तरह भी देख सकते हैं कि जब तक हम अपने मक़सद में कामयाब नहीं हो जाते, तब तक ज़िद नहीं छोड़नी है। आप मंज़िल की राह में एक बार नहीं, सौ बार गिरें, सौ बार भटकें, मंजूर है परंतु ज़िद ना छोड़ें। रास्ता ना मिले तो अपने कर्मों से नए रास्ते बनाइए, कहीं भटक जाएँ तो सफ़र फिर से शुरू कीजिए, बस ठहरिए मत। यह ठहराव ही कर्म बाध्य है। यही वह बंधन है, जो आपको कहीं पहुँचने से रोक रहा है।

अगर आप जानना चाहते हैं कि आपके कर्म पूर्ण हैं या नहीं, तो एक बार अपने मक़सद को टटोलिए, भीतरी मन में कहीं जाँचिए। सवाल पूछिए कि आपने जो इतनी बड़ी कंपनी शुरू की थी, उसके पीछे क्या संकल्प था। क्या आप वहाँ तक पहुँच गए हैं? आप जिस प्यास, जिस तृष्णा से अपनी जिन इच्छाओं, हसीन कामनाओं को त्यागकर एक सफ़र पर निकले थे, उस सफ़र की तृप्ति हो गई कि नहीं, खँगालिए अपने विचारों को कि उनको सफ़र के अंत की संतुष्टि मिली कि नहीं। अगर जवाब हाँ है, तो पूछिए ख़ुद से, ''इस कंपनी का क्या होगा, जिसे मैंने अपनी एक बेटी की तरह प्यार दिया, अच्छे संस्कार सिखाए, जिसे सिद्धांतों की ख़ुराक के साथ जीवन भर परवरिश की, उसका क्या होगा?'' आप तो इसके लिए सब कुछ, पाई-पाई जोड़कर उसके बेहतर भविष्य के लिए छोड़ रहे हैं, पर ख़ुद से पूछिए, क्या यह सब उसके लिए काफ़ी है? आप जवाब नहीं दे पाएँगे, क्योंकि भविष्य किसी ने नहीं देखा है। भविष्य तक सिर्फ़ विचार सफ़र कर सकता है। अगर आपके कर्मों में कुछ ऐसे कर्म बंधन हैं, जिससे आपके विचार भविष्य तक एक कंपनी के रूप में सफ़र नहीं कर सकते, तो मैं यक़ीन से कह सकता हूँ, ''आपकी कंपनी का अंत होना तय है।''

3

कर्म बंधन से मुक्ति

''अपने उद्देश्य को पूर्ण करने के इस व्यावसायिक सफ़र में भले ही हम अपने विवेक और संकल्प से प्रखर हों, पर सफलता के शिखर पर तब तक नहीं पहुँच सकते जब तक हमारे कर्म बंधन मुक्त ना हों।''

एक बिज़नेस लीडर होने की वजह से मेरी आकांक्षा है कि मेरी कंपनी पूर्णता को उपलब्ध हो। यह मेरी गहरी चाह है कि यह कंपनी बाज़ार के हर पहलू में निपुण हो। बात चाहे आंतरिक रूप से एक दृढ़ और मज़बूत ढाँचे की हो या फिर बाहरी रूप से बाज़ार में सेवा और ज़रूरतों को समझना और उन्हें पूरा करके प्रभाव जमाने की हो, मैं एक ऐसी आदर्श कंपनी का निर्माण करना चाहता हूँ, जिसके सफलता के हर पहलुओं के बॉक्स में 'सही' का चिह्न लगा हो। मेरी तरह हर फ़ाउंडर की भी ऐसी ही कामना होती है कि हमारे जीवन में सब कुछ उत्तम हो, हमारी कंपनी सर्वश्रेष्ठ हो। पर यह अंतिम लक्ष्य है। अभी हम सफलता की राह पर हैं। अभी हम खंड-खंड हैं। शिखर तक पहुँचने के लिए अभी बहुत कुछ जोड़ना बाक़ी रह गया है। अभी हम पूर्ण नहीं हैं। जब एक व्यावसायिक सफ़र में सारी चीज़ें 'सही-सही' जुड़ जाती हैं तो सफलता के मार्ग स्वत: ही हमारे सामने होते हैं।

जब हमारे उद्देश्य और विवेक का सहज संगम हमारे कर्मों से होता है तो हमारे क़दम सफलता की राह पर चल पड़ते हैं। इन तीनों का संगम होना अति आवश्यक है। क्योंकि हो सकता है कोई अपने उद्देश्य के प्रति लगाव रखता हो पर उसको पूरा करने के लिए विवेक कम हो। हो सकता है किसी के पास कर्म की कुशलता भरपूर हो, वह किसी क्षेत्र में विवेकपूर्ण हो पर कोई उद्देश्य ना हो और यह भी हो सकता है, कोई बहुत ही ज्ञानी

व्यक्ति हो पर उसमें कर्म की चाह ना हो। ऐसे में हम अधूरे-अधूरे हैं। सफलता के सागर में गोते लगाने के लिए हमें इस व्यावसायिक सफ़र में एक होना पड़ेगा। अखंड होना पड़ेगा। पर इसकी शुरुआत हमें अधूरेपन से ही करनी होगी।

अधूरेपन से शुरुआत करने का अर्थ है- हम जो हैं, जहाँ हैं, वहीं से शुरू करना, ठीक वहीं से चलना। आप पैदल हैं, इसमें कुछ ग़लत नहीं है, आप अपनी दौड़ की गति से भागिए। आप साइकिल के लिए बढ़िए। आप साइकिल पर हैं, यह रफ़्तार ही काफ़ी है। आप साइकिल की गति से ही यात्रा कीजिए और कार के लिए सक्षम बनिए। आपके पास कार है तो आप कार के वेग से फ़र्राटे भरिए और जहाज़ के लिए प्रयास कीजिए। पर आगे बढ़ते रहिए। अपनी गति से चलते रहिए अपनी गति से चलते रहिए और सफलता का आनंद उठाइए। सफलता का अर्थ है- आगे, आगे, आगे। आज आप जो हैं, उससे आगे बढ़िए। आज आप जहाँ हैं, कल उस मुक़ाम से आगे पहुँचिए। आज आप जैसे हैं, कल उससे एक बेहतर वर्ज़न बनकर निखरिए। बस इस जीवन की गाड़ी को अपनी गति से चलाते रहिए। फिर मैं कह सकता हूँ, ''मंज़िल आपसे ज़्यादा दूर नहीं है।''

सवाल अब यह है कि आख़िर सफलता के शिखर को छूने के लिए, किसी मंज़िल पर पहुँचने के लिए कौन सा मार्ग चुना जाए? जैसा कि मैं पहले अध्याय में चर्चा कर चुका हूँ कि सफलता प्राप्त करने के लिए हर मनुष्य को अपना स्वयं का मार्ग चुनना पड़ता है। इस पर थोड़ा और प्रकाश डालना चाहता हूँ। पहली बात तो यह कि जीवन का मूल सार है- आनंद प्राप्त करना। आनंद में रहना हमारा परम उद्देश्य हो सकता है। हम मनुष्य जो कुछ भी सोचते-विचारते हैं, जो कुछ भी काम करते हैं, उसके पीछे मक़सद आनंद में रहना है। हम कोई भी काम इसलिए करते हैं, क्योंकि उसे करना हमें अच्छा लगता है, हमें रस मिलता है। इसलिए हमें वह मार्ग चुनना चाहिए, जिसके प्रति हमारा लगाव हो, हमारा उस काम के प्रति झुकाव हो। इसलिए वही मार्ग चुनिए, जो चीज़ आपके पास ज़्यादा हो।

दूसरी बात यह कि उस मार्ग पर सहज रूप से, जागृत अवस्था में निरंतर चलना ही आपका कर्म है। यह कर्म ही आपका साधन है। आप बिना साधन के, बिना कर्म के मंज़िल नहीं प्राप्त कर सकते। मान लीजिए

आपको सौ मील का सफ़र करना हो और आपके पास साधन सुनिश्चित ना हो, कि आप मंज़िल तक कैसे पहुँचेंगे? तो अड़चन पैदा होगी। सफ़र तय करने के लिए साधन का पता होना अनिवार्य है। पर एक बात यह भी है कि हमें साधन को साधना पड़ता है। यह बिना अभ्यास के नामुमकिन है। कोई भी यात्रा तभी पूर्ण हो सकती है, जब साधन और शासक दोनों ही पूर्ण हों। पूर्णता अभ्यास से आती है, हमें अपने कर्मों का बार-बार अभ्यास करना होता है। आप अपने जीवन में कोई लक्ष्य बना लीजिए, आप उसको तब तक हासिल नहीं कर सकते जब तक आप निरंतर अभ्यास ना करें। हम अपने व्यवसाय को ही देख लें क्या हम रोज़ ही अगर नतीज़ों के लिए अभ्यास नहीं करते? आप रोज़ ही एक काम को बार-बार कीजिए, अलग नतीज़ों अलग तरीक़ों से प्रयास कीजिए। आप देखेंगे आपका यह निरंतर प्रयास, निरंतर अभ्यास उस काम में आपको महारथी बना देगा। निरंतर अभ्यास से कर्म पूर्ण होते हैं।

सफलता पूर्णता है, सफलता अखंडता है, सफलता मंज़िल है। यह अधूरेपन से प्राप्त नहीं की जा सकती। इसके लिए आपके विचारों, आपके उद्देश्यों, आपके विवेक, आपकी बुद्धि को पूर्ण होना पड़ेगा। और यह तभी हो सकता है, जब आप इसे निरंतर अभ्यास से पूर्ण करना चाहेंगे।

कर्म पूर्ण क्या है, इससे ज़्यादा विचारणीय यह है कि सफलता के राह में हमारे कर्म बंधन कैसे हैं। यह बात हम जानते हैं कि मनुष्य कर्म किए बगैर नहीं रह सकता। परंतु यह जानना भी ज़रूरी है कि कर्म करने वाला या करता मनुष्य नहीं है। आपको चलाने वाले आप नहीं हैं, वह कोई है, जो आपके भीतर है और वह है- आपका विचार। मान लीजिए आपको प्यास लगी, आपके भीतर से यह आवाज़ आई कि आपको गिलास से पानी पीना है तभी आप अपना हाथ बढ़ाएँगे और गिलास को उठा कर पानी पी पाएँगे। आपके कर्म अकारण ही नहीं घटते, आप जो कुछ भी करते हैं उसका सीधा संबंध आपके विचारों से होता है। जीवन भर मनुष्य के भीतर विचार कौंधते रहते हैं, जिसकी तृप्ति के लिए मनुष्य तरह-तरह के कर्म का चयन करता रहता है। अगर हम इस व्यावसायिक दुनिया को देखें तो पाएँगे कितने ही रास्ते हैं, जिस पर चलकर लोगों ने सफलता प्राप्त की है, जिनकी गिनती आप दुनिया के अमीर आदमियों में कर सकते हैं। और जिसने उस रास्ते से

चलकर सफलता प्राप्त की है, स्वभावतः वह कहेगा, यही रास्ता ठीक है। आप प्रौद्योगिकी उद्योग में हैं, आप कहेंगे यही रास्ता ठीक है। कोई उत्पादन क्षेत्र में है, वह उस मार्ग को बेहतर बताएगा, जो ऑटोमोबाइल उद्योग में है उसके लिए सर्वश्रेष्ठ मार्ग वही है। और यह कोई ग़लत नहीं है, क्योंकि जो मार्ग मैं जानता हूँ वही बता सकता हूँ। जिन मार्ग पर मैं चला नहीं, वह मैं किसी के सामने व्याख्यान नहीं कर सकता। इसलिए लोग आपसे कहेंगे कि इस राह पर आ जाओ। यह कर लो, यह मत करो। इसमें मुनाफ़ा ज़्यादा है, इस काम में हानि है, जोख़िम है। आपको तरह-तरह के भटकाव मिलेंगे, जिस पर आपको हर क्षण सचेत रहना है।

जब आप किसी व्यावसायिक मार्ग पर होते हैं, तो यह आपके लिए सुनिश्चित करना अति आवश्यक होता है कि किन रास्तों पर आपको चलना है और किन रास्तों को आपको त्यागना है, आपको भटकना नहीं है। क्या किया जाए से ज़्यादा ज़रूरी है यह जानना कि क्या नहीं किया जाए। ऐसे हर कर्म जो आपके उद्देश्य, आपकी कंपनी की सफलता के राह में भटकाव बन रहे हैं, कहीं स्थापित होने में बाधा बन रहे हैं तो ऐसे कर्म आपके लिए कर्म बंधन होते हैं।

अपने इस व्यावसायिक सफ़र में मैंने कितनी ही बार सुना है कि बिज़नेस मत करो, यह दुर्गम रास्ता है, कोई कहता, यह व्यापार मत करो, इसमें क्या ही रखा है। कुछ मिलते हैं जो कहते हैं, इस क्षेत्र में हाथ आजमाओ, इससे ज़्यादा हासिल कर पाओगे। जितने लोग उतनी बातें; पर हमें भटकना नहीं है।

यह भटकाव एक समय पर अनुभव भी महसूस कर रहा था। अपने गृहनगर में जब उसने एक कंपनी की नींव रखी थी, तब उसके जीवन में भी यह पड़ाव आए थे। उसके पिता, जो एक माध्यमिक विद्यालय के शिक्षक थे, उनकी हसरत थी कि वह किसी प्रशासनिक सेवा में सरकारी नौकरी करे। हालाँकि, उन्होंने कभी व्यवसाय करने से उसे रोका नहीं। फिर भी वह इसे जीवन में सुरक्षा के हिसाब से कमतर आँकते थे। उनका मानना था कि इसमें तमाम जोखिम उठाने पड़ेंगे। इसमें जीवन असुरक्षित रहेगा। हालाँकि, अनुभव ने प्रशासनिक सेवाओं के लिए कुछ प्रयास भी किए थे, पर वे प्रयास काफ़ी नहीं थे। इसका मुख्य कारण यह भी था कि उसका शुरू से उद्देश्य बड़ा था।

वह शुरू से चाहता था कि वह एक ऐसी व्यवस्था बना सके, जिसकी वजह से ऐसे रोज़गार पैदा हो सकें, जिसका लाभ उन छोटे शहरों, कस्बों, गाँवों के युवाओं तक पहुँच सके जिनके पास प्रतिभा और लगन तो है, परंतु संसाधन कम होने की वजह से अवसर नहीं मिलते।

जब आप इन छोटी जगहों से महानगरों को जाते हैं, सड़कों को देखते हैं, तो दरअसल उस पर चलने के लिए इन युवाओं को बहुत कुछ दाँव पर लगाना पड़ता है। अनुभव अपने उद्देश्य को पूरा करने के पहले ही चरण में बहुत कुछ दाँव पर लगा चुका था। सरकारी नौकरी की परीक्षा छोड़ कर बड़े शहर जा कर नौकरी करना, फिर वहाँ से लौट कर वापस गृहनगर में संभावना की तलाश में अपनी पहली कंपनी की नींव रखना। सीमित संसाधनों में अपने कुछ दोस्तों की सहायता से एक सिस्टम का निर्माण करना, फिर असफल होना। वह पहले ही बहुत कुछ दाँव पर लगा चुका था।

इस कंपनी को बंद करने का एक मुख्य कारण यह भी था कि अनुभव अपने जिन दोस्तों की साझेदारी से इसको आगे ले जाना चाहता था उन सबका उद्देश्य, उनकी दिशा एक तरफ़ नहीं थी, जिसको जिस क्षेत्र में अनुभव था उसका झुकाव उसी क्षेत्र में था। उनकी नाव एक दिशा में नहीं चल रही थी। आप नाव में अन्य 2-3 लोगों के साथ सवार हो जाइए, फिर चारों दिशा में चप्पू चलाइए। नाव वहीं गोते खा कर रह जाएगी। इसलिए यह ज़रूरी हो जाता है कि एक कंपनी को सफल बनाने के लिए विचार, उद्देश्य, विवेक और कर्म एक ही दिशा में चल रहे हों। जब तक आपकी कंपनी एक खंड-खंड होकर, टुकड़ों-टुकड़ों में होकर यात्रा पर निकलेगी, तब तक आप सिर्फ़ भटकाव महसूस करेंगे। फिर भटकाव के साथ कहीं पहुँचना बहुत मुश्किल है।

अपने इस व्यावसायिक सफ़र में, मैंने कितनी ही बार सुना है कि 'बिज़नेस मत करो, यह दुर्गम रास्ता है।' कोई कहता है 'व्यापार करने वालों का कोई ईमान नहीं होता।' मैं हैरान हूँ कि व्यापार को लेकर क्या-क्या भ्रांतियाँ फैलाई जा चुकी हैं, और क्या-क्या भ्रांतियाँ फैलाई जाना बाक़ी हैं। मैं कभी-कभी लोगों का व्यापार के प्रति नज़रिया जानने की कोशिश करता हूँ। उन्हें सुनता हूँ तो ऐसा बोध होता है कि जैसे व्यापार करना,

क्या ही ग़लत जंजाल पालना है। बस झूलते रहो, बुराइयों के साथ। मैं आश्चर्यचकित हूँ कि यह भ्रांतियाँ फैलाकर किसी को क्या ही हासिल हो जाएगा। हर चीज़ का ग़लत मतलब ही समझना, हमारी फ़ितरत क्यों है? हम भीड़ क्यों बने रहना चाहते हैं? सामने तमाशा चल रहा है, भीड़ जमा है, कलाकार नाच-नाच कर नचा रहा है और हम नाच रहे हैं। क्यों नाच रहे हैं, पता नहीं। दीवानों की फौज है यहाँ, लाइफ़ में रोमांच चाहिए, एड्वेंचर चाहिए। क्यों चाहिए पूछा है कभी? क्या आपका जीवन कम रहस्यों से भरा है? विचार तो आते ही होंगे ना? कभी आपने पूछा अपने विचारों से ये कहाँ से आ रहे हैं, क्यों आ रहे हैं? अक्सर अपने मित्र पिताओं से सुनता हूँ कि वह अपनी संतान का डॉक्टर, इंजीनियर या अधिकांश किसी प्रशासनिक सेवा में भविष्य देखते हैं, बहुत कम ही ऐसा किसी से सुना कि वह अपनी संतान को एक व्यवसायी के रूप में देखना चाहते हैं। पूछिए उनसे क्यों? मैं अक्सर यह सवाल उनसे पूछता हूँ। एक व्यवसायी क्यों नहीं? कुछ तो नाराज़ भी हो जाते हैं? क्योंकि उनकी समझ से यह परे है कि यह जीवन ही व्यापार है। जीवन भर मनुष्य अपने कर्मों से क्या करता है? विचारों का लेनदेन। यह लेनदेन और क्या है? व्यापार ही तो है।

आपने इतनी बड़ी कंपनी खोल दी है, अपनी कुशलता और योग्यता से अपनी कंपनी और स्वयं का विकास कर रहे हैं। पर इतनी मेहनत, इतना संघर्ष क्यों, इसके पीछे क्या मक़सद है? जो भी व्यक्ति यह कहता है, "मैं यह काम अपने अस्तित्व को बचाने के लिए कर रहा हूँ", मैं उनसे पूछता हूँ कि क्या यह जानने की कोशिश की है कि आप का अस्तित्व क्या है? पूछा है कभी कि "यह बचा-खुचा जीवन अस्तित्व का लिबास ओढ़े काट दिया है, उसका आपके जाने के बाद क्या होगा?" पूछिए ख़ुद से आपके जाने के बाद इस कंपनी के अस्तित्व का क्या होगा? जिन विचारों, जिन कर्मों से इसकी परवरिश की है, उन विचारों, उन मक़सद के अस्तित्व का क्या होगा? यह बात याद रखिए, आपके विचार कहाँ तक प्रसारित होने हैं, यह आपके कर्म सुनिश्चित करते हैं। आपके कर्म ही वे सच्चा साधन हैं, जिसपर आपके विचार यात्रा करते हैं।

हर किसी की अभिलाषा है कि उनका अस्तित्व अमर हो जाए। हर फ़ाउंडर का सपना है कि उनकी कंपनी अमरत्व पाए। पूछा है कभी ख़ुद से

कि अमरत्व पाने का मार्ग क्या है? साधन क्या है? ऐसे बहुत सी कंपनियाँ हैं, जो सदियों से स्थापित हैं। उनकी उम्र इतनी क्यों है? खंगालिए। वह अभी तक क्यों जीवित हैं, कभी समझने की कोशिश कीजिएगा। लोग बचकानी बात करते हैं, आसान जवाब की तलाश है उन्हें, कहेंगे 'प्रॉडक्ट अच्छा है इसलिए'। अच्छा क्यों है, इस प्रश्न को टटोलिए कभी, 'बाज़ारों में आप बोतल में ज़हर भरकर निकलिए, ख़रीददार मिल जाएँगे।' बाज़ार को इसलिए संभावनाओं का बाज़ार कहा जाता है। इस बाज़ार में ऐसा कुछ भी नहीं हैं, जिसके ख़रीददार नहीं मिलें। इसलिए पूछिए ख़ुद से कि 'अगर यह समान ना होता, यह अमुक वस्तु ना होती ज़िंदगी में, तो क्या जीवन चलता?' जी बेशक चलता। फिर अच्छाई और बुराई कहाँ से आ गई, पूछिए ख़ुद से। इसलिए कहता हूँ कोई रचना अच्छी या बुरी नहीं होती। हर प्रॉडक्ट अपने आप में पूर्ण है। जो पूर्ण नहीं है वह है आपके विचार, आपके कर्म। आपने जैसा सोचा, जैसा विचारा, जैसा प्रयास किया, वैसा माल बन कर तैयार होता है। अब आप इसको लादे घूमिए, भरे बाज़ार में, और जब नहीं बेच पाएं तो बाज़ार को ही कोसिए। क्या कभी एक पल ठहर कर पूछा है कि ऐसी क्या कमी रह गई इस विचार की परवरिश में? आख़िर यह हूबहू वैसा ही तो बन कर तैयार है, जैसा आपने अपने कर्मों से ख़ुद को समर्पित किया था।

तो पहली चीज़ यह है कि हमें ध्यान रखना है कि हम अपने उद्देश्य से ना भटकें। सफलता को प्राप्त करने के लिए यह बहुत ज़रूरी है कि हम सिर्फ़ उन विचारों की परवरिश करें, जो हमारे उद्देश्य की प्राप्ति के लिए सहायक हों। जीवन में कई ऐसे पड़ाव आएँगे, जब कई विचारों से संघर्ष होगा, पर आपको अपने मक़सद के प्रति दृढ़ रहना है। इस व्यावसायिक सफ़र में आपको बहुत से प्रलोभन मिलेंगे, पर आपको मुड़ना नहीं है। आपको अपने उद्देश्य से नहीं हटना है। अपने विचार, अपने उद्देश्य की यह अखंडता, यह दृढ़ता ही आपको संकल्पवान बनाती है।

दूसरी बात यह है कि 'संकल्प की शक्ति' से बड़ी होती है, समर्पण की शक्ति। विचार तो कौंधते रहेंगे, फूटते रहेंगे मन में बुलबुले की तरह। पुष्पित हो जाना चाहेंगे आपके चित्त और कर्म में, पर आप उस एक विचार के प्रति अपने कर्मों से कितने समर्पित हैं, यह मायने रखता है। आप अपने

संकल्प के प्रति कितने समर्पित हैं यही तय करता है कि आप कितने सफल होंगे।

समर्पण विश्वास है। आप उस स्रोत, उस मार्ग पर विश्वास कर सकते हैं जो आपको सफलता की तरफ़ ले जाता है। आपको जिस काम में योग्यता है, उस पर विश्वास कीजिए। जब तक आप जो कर रहे हैं उस पर विश्वास नहीं होगा, तब तक आप उस काम के प्रति समर्पित नहीं हो पाएँगे।

समर्पण का मतलब है, प्रेम। आप जो भी काम करते हैं और उसके लिए समर्पित होते हैं, तो निश्चित ही उस काम में आपका प्रेम जागेगा। मैंने कई अपने उद्यमी और अन्य दोस्तों को कहते सुना है, ''मुझे अपनी कंपनी, अपनी नौकरी, अपने पद से प्रेम है।'' अच्छी बात है। प्रेम होना चाहिए। पर कभी पूछा है कि प्रेम क्यों है? कहीं यह कोई राग तो नहीं? क्योंकि अगर कोई राग है तो निश्चित ही वह प्रेम नहीं है। प्रेम क्या है, समर्पण। जहाँ कृष्ण राधा हो जाए, जहाँ राधा कृष्ण हो जाए, वही प्रेम है। किसी के प्रति समर्पित हो जाना ही प्रेम है। पर आज प्रेम के मायने बदल गए हैं। अब प्रेम भोग का विषय हो गया है। जहाँ भोग होगा, वहाँ से समर्पण चला जाएगा। आप कोई काम करते हैं और उसके पीछे भोग जुड़ा है तो आप प्रेम को उपलब्ध नहीं होंगे। पर आजकल इसका अर्थ यही है कि भोगना है, इसलिए प्रेम है। अमुक लड़की सुंदर है, इसलिए मुझे प्रेम है। गला फाड़-फाड़ कर चिल्लाएँगे कि मैं प्रेम में हूँ, किंतु मन में वासनाएँ उछल रही हैं, ऐसा प्रतीत होगा अगर इनको नहीं पकड़ा तो सब व्यर्थ। जब भोगना ही है, तो फिर प्रेम कहाँ बचा? वह तो भोग की वस्तु हो गई है।

कृष्ण जब किसी भी जीव को देखते हैं, तो उन्हें उनमें राधा नज़र आती है। यह उनका समर्पण है। समर्पण का आकर्षण ही यही है कि हर जगह सिर्फ़ वही दिखेगा, उसको हर जगह महसूस करोगे। वह कैसा है, क्या है, किस आकार में है, यह राग ही नहीं होगा। फिर वह दोनों एक हैं। अगर आप जो कर रहे हो और उसे करने से आपको प्रेम है तो वह कार्य और आप एक हैं। उस कार्य का फिर तुम में पूर्ण रूप से होना ही प्रेम है। कृष्ण का राधा के साथ होना ही प्रेम है।

समर्पण वास्तविकता है, जो जैसा है, जो है उसकी वैसी ही समझ। उसकी जगह कुछ और मौजूद है तो वह राग है। वही कर्म बंधन है। आप

जिस लिए हो, जिसके लिए हो, उसको छोड़कर किसी और बंधन में बँधे हो तो यही कर्म बंधन है।

पूछिए ख़ुद से, आपकी रचना यूँ ही तो नहीं हुई होगी। इस संसार में आपका किरदार क्या है, ढूँढ़िए। किसलिए आपको बनाया गया है, खोजिए। और इस वास्तविकता की खोज बाहर नहीं करनी है, क्योंकि जवाब सिर्फ़ आपके भीतर मौजूद है। मैंने देखा है बड़े-बड़े लोगों को, निकलते हैं सतत सफलता के तलाश में। अक्सर भटकाव को पकड़ लेते हैं। यह जो भीड़ देखते हैं साधकों, बिज़नेस काउंसलर, किसी गुरु के दरबार में, रास्ते की तलाश में, यह वही लोग हैं जो इस बात से अभिन्न हैं कि जवाब सारे उसके भीतर ही मौजूद हैं। जो सफलता का मार्ग है वह ठीक वहीं से शुरू होगा, जहाँ आप अभी हैं। पर हैरान हूँ हर साधक, हर बिज़नेस गुरु एक नया बंधन देकर हीनता बाँट रहा है। और सबसे आश्चर्य की बात यह है कि हम ऐसे रास्तों का चुनाव भी कर रहे हैं, जिससे हमें निराशा के सिवा कुछ हासिल नहीं होता। एक कहानी कहीं पढ़ी थी, आपसे साझा करना चाहता हूँ।

एक बंदर जन्मा, सामान्य सा बंदर, दो हाथ, दो पैर, शरीर में सभी अंग सही-सलामत, स्वस्थ शरीर, बिलकुल एक आम बंदर के बच्चे जैसा। लेकिन उसकी माँ पैदा होते ही गुज़र गई। एक दिन एक मदारी की नज़र उस पर पड़ी और उस बंदर के बच्चे को वह अपने साथ घर ले आया। घर पहुँच कर उस मदारी ने उसके गले में एक ज़ंजीर डालकर उसे बाँध दिया। बंदर को धीरे-धीरे इस ज़ंजीर की आदत हो गई, उसने बचपन से ही उस बंधन को अपने गले में पाया था। मदारी ने क्षण भर भी बंदर को उस ज़ंजीर से मुक्त नहीं किया, कभी भी नहीं।

समय के साथ बंदर के दिल में ये बात बैठ गई कि ये जो जंजीर है, ये मेरे शरीर का हिस्सा है। यहाँ तक बैठ गई कि उसने यह धारणा बना ली कि मेरे तीन हाथ हैं। ऐसी पक्की धारणा कि उसे इस बात पर यक़ीन हो गया कि उसका तीसरा हाथ उसकी गर्दन पर है। वह बंदर जहाँ भी जाता अपना तीसरा हाथ लेकर के ही चलता। उसे अपने इस बंधन से इतना प्रेम था कि वह बिना ज़ंजीरों के ख़ुद की कल्पना भी नहीं कर सकता था। ऐसा नहीं है कि उसे इन ज़ंजीरों से मुक्त होने का अवसर नहीं मिला, परंतु बंदर इन बंधनों को अपना अभिन्न अंग मानता था, उसके सामने बार-बार ऐसे

अवसर आते रहे जिससे वो मुक्त हो सकता था, पर वो उन सारे मौक़ों को छोड़ता चला गया। क्योंकि यह विचार उसके मन में गहरी पैठ बना चुका था कि यही मैं हूँ, यही मेरा हिस्सा है। समय के साथ बंदर बड़ा हुआ, बड़े होने के साथ वह एक प्रभावशाली व्यक्ति बना, प्रभाव ऐसा कि छोटे-बड़े बंदर उससे सलाह लेने आते। समाज में बड़ा बंदर होने की नाते अन्य बंदर अपने बच्चों को शिक्षा प्राप्त करने के लिए इस तीन हाथ वाले बंदर के पास भेजते। सोचिए यह बंदर किसी को क्या शिक्षा, क्या सलाह देता होगा? स्वाभाविक है, उसको हमेशा यह अहसास होता कि अन्य बंदर अपूर्ण हैं, इसलिए वह उनको देख कर चिंतित होता और कहता, ''तुम्हारा तीसरा हाथ कहाँ है? तुम्हारे जीवन में ज़रूर कोई कमी है, तुम्हें अपने जीवन में इसी कमी को भरना है।''

विश्व में धीरे-धीरे उस बंदर की ख्याति बढ़ती ही गई। लोगों को वह अपना बंधन दिखा कर, उन्हें यह अहसास कराता कि देखो मेरे पास कुछ ख़ास है, जो तुम लोगों के पास नहीं है, इसी को हासिल करना है। जो बंदर उससे शिक्षा ग्रहण करते उसे यह अहसास करा दिया जाता कि कुछ तो कमी है, जिसे उन्हें इस जीवन में हासिल करना है। मैं अपूर्ण हूँ, मुझमें ही कुछ कमी है। मुझमें ही कोई खोट है, मेरे साथ अन्याय हुआ है, यह दुनिया बहुत बुरी है, यहाँ अपूर्ण के लिए कोई जगह नहीं है, अगर फलाना तरीक़ा अपना लिया तो इस कमी को भर दूँगा; धीरे-धीरे एक पूरी व्यवस्था बना दी गई। पूरा एक पाठ्यक्रम तैयार किया गया, स्कूल और कॉलेज खोले गए। यहाँ से पढ़ कर बच्चा ख़ुद अपनी कमी को पूरा कर लेगा, बताया गया। दुकान, बाज़ारों हर जगह यही बात होती कि हासिल करना है, कुछ ऐसा जिससे कमी पूरी की जा सके। आगे चलकर ये शिक्षित बच्चे भी यह प्रचार करते कि हममें कोई कमी है, जिसे हासिल करना है। जो परिवार सक्षम थे वे ख़ुद ज़ंजीर ख़रीद कर लाते।

समयचक्र चलता रहा और आज उन बंदरों का स्थान हम मनुष्यों ने ले लिया है। पीढ़ियों से यही हीनभावना की ज़ंजीर हम ढोते आ रहे हैं। पीढ़ी-दर-पीढ़ी यह बात हमारे दिल में गहराई से उतार दी गई है कि जो दो हाथ हैं वह सामान्य है, यह हाथ असली वाला नहीं है, अगर वो हाथ मिल जाए जो गले पर है तो समझो, ज़िंदगी में भरपूर आनंद है। सब हीनभावना

में ग्रसित उसी हाथ की तलाश में है। सभी जीवन में भटक रहे हैं, कमी को पूरा करने के लिए। सबके मन में यह हीनता घर कर चुकी है कि अगर मैंने ज़िंदगी में कुछ हासिल करके नहीं दिखाया, तो कोई भी, ना मुझे इज्जत देगा, ना प्यार देगा। यहाँ सभी अपने हिस्से की ज़ंजीर तलाश कर रहे हैं। पूछिए ख़ुद से, जीवन में ये ज़ंजीरें, यह बंधन हमें क्यों चाहिए।

अक्सर नए उद्धमियों से मिलने का मौक़ा मिलता रहता है। आनंदित होता हूँ यह देख कर कि एक विचार को एक प्रॉडक्ट का रूप मिला। मैं उत्सुकतापूर्वक यह जानने की कोशिश करता हूँ कि इस रचना के पीछे कौन से विचार हैं, कौन से संकल्प हैं, कैसे कर्म हैं, जो इस रचना के लिए समर्पित हैं। मैं जानना चाहता हूँ कि वह एक क्या मक़सद हो सकता है, जिसको पूरा करने के लिए व्यक्ति अपनी पूरी शक्ति लगा देता है। जीवन संघर्ष का नाम है। अपने हिस्से का संघर्ष सभी करते हैं। लेकिन वह एक क्या प्रेरणा है, जो इस व्यक्तित्व को निखार रहा है।

जवाब भटके हुए लगते हैं। आश्चर्यचकित हूँ, एकाध को छोड़ कर सभी के जवाब उस 'तीसरे हाथ' की तरफ़ इशारा करते हैं। हर किसी को पैसा चाहिए। ज़रूरी भी है। एक इतनी बड़ी कंपनी, एक इतनी बड़ी व्यवस्था को सुचारु रूप से संचालित करने के लिए धन की आवश्यकता होती है। धन की ज़रूरत इसलिए भी है, क्योंकि इससे कंपनी का पतन रोका जा सकता है। पर सवाल यह है, आप इस छोटे से जीवन में कितना धन संचय कर सकते हैं। आपके जाने के बाद क्या? यह कंपनी जो आपकी अनमोल रचना है उसका क्या। यह कंपनी आपकी आत्मा है, इसकी परवरिश और रक्षा करना ही आपका धर्म है। यही एकमात्र ज़िम्मेदारी है। तो बताइए कितने पैसे काफ़ी होंगे, इस कंपनी के अस्तित्व के पतन को रोकने के लिए? क्या दुनिया का सारा पैसा काफ़ी होगा? जवाब अगर नहीं पता है, तो जान लीजिए। आपके जाने के बाद यह कंपनी आप नहीं चलाने वाले। इसीलिए कहा गया है कि एक कंपनी विचारों से चलती है और विचार अगर सिर्फ़ पैसा इकट्ठा करना है तो मुझे कहते हुए दुख होगा कि आप भटकाव की स्थिति में हैं।

अगर आपका मक़सद सिर्फ़ पैसा ही है तो मैं निराश हूँ। क्योंकि आपको एक बहुत बड़ी ज़िम्मेदारी मिली है। ऐसी ज़िम्मेदारी जिसे आपके

जाने के बाद भी आपके विचारों को ढोना है। जहाँ भी आपके विचार डगमगाए, उसी पल समझिएगा आपकी कंपनी का अस्तित्व ख़तरे में है। कइयों को कहते सुनता हूँ, पैसा इसलिए कमाना है, क्योंकि मेरी चाहत है कि मैं दुनिया का सबसे अमीर आदमी बनूँ। क्यों बनना है, ख़ुद से पूछिए। प्रभावशाली व्यक्ति बनना है, इसलिए? प्रभाव जमाना है? क्या आप दावे से कह सकते हैं कि आपका प्रभाव इस कंपनी को आपके जाने के बाद भी पतन से रोक पाएगा? नहीं। सिर्फ़ एक हस्ताक्षर लगते हैं, एक कंपनी को अर्श से फ़र्श तक गिरने में। सिर्फ़ एक फ़ैसला काफ़ी होता है किसी कंपनी को गर्त में धकेलने के लिए। धन की लालसा रखकर प्रभाव नहीं जमाया जा सकता। जीवन में प्रभाव उन व्यक्तियों का पड़ता है, जिनके पास अपने विचार हैं। ऐसा विचार जो औरों के जीवन में बदलाव लाए, कोई सकारात्मक बदलाव। इन मक़सदों के पीछे मैं समर्पण से ज़्यादा भोग और कामना देखता हूँ। सिर्फ़ पैसा बनाने के लिए काम करना एक तरह का कर्म बंधन ही है। जो आपको सफलता के लिए आगे बढ़ने से रोकेगा। अगर आप चाहते हैं आपकी यह कंपनी, आपकी यह रचना युगों-युगों तक सफ़र करे, बाज़ार में अपना प्रभाव बनाए रखें तो आपको अपने कर्मों, अपने विचारों को प्रभावशाली बनाना पड़ेगा। आप अपने विचारों, अपने कर्मों को कैसे प्रभावशाली बना सकते हैं, इसकी चर्चा हम अगले कुछ अध्यायों में जानेंगे।

अभी आपको इस सफ़र में यह खोज करनी होगी कि इस कंपनी के विकास में क्या कर्म बंधन हैं? इन बंधनों का एक दायरा बनाना पड़ेगा। ताकि एक बेहतर ईको सिस्टम में आपकी रचना फल-फूल सके, युगों-युगों तक। अगर आप अपनी कंपनी के बेहतर परवरिश के लिए अपने कर्म बंधनों से मुक्त नहीं हो सकते या इन कर्म बंधनों के लिए एक दायरा नहीं खींच सकते तो मैं दावे से कहता हूँ, ''आपकी कंपनी का अंत होना तय है।'' अब यह आप पर निर्भर करता है कि आप अपने विचार को कहाँ तक पसरता हुआ देखना चाहते हैं। तो जीवन में हमें उस मार्ग की खोज करनी होगी, जिस पर हम एक संकल्प के साथ, विश्वास और प्रेम से समर्पित होकर अपने कर्मों को पूर्ण कर सकें।

4

होश

''किसी भी व्यवसाय में सफलता प्राप्त करने के लिए एकमात्र मार्ग यह है कि आप अपनी सभी क्रियाओं के प्रति 'जागरूक' हो जाएँ। जब आप कोई भी काम होशपूर्ण, जाग्रत अवस्था में करते हैं तो वह काम आपका साधन बन जाता है, जिसकी सवारी कर आप सफलता के मार्ग पर चल सकते हैं।''

बात अनुभव के बचपन के दिनों की है। उसके गाँव में एक बुज़ुर्ग थे, नितांत अकेले। ना कोई परिवार में था और ना ही कोई मित्र और रिश्तेदार। आगे नाथ ना पीछे पगहा। मस्त रमे रहते अपनी दुनिया में, ना किसी की फ़िक्र और ना ही कोई ऐसा था, जो उनकी सुध ले। कहते हैं गाँव में उनका निजी घर और ज़मीनें थीं, पर दशकों से वे गाँव के एक छोर पर स्थित टीले पर एक कुटिया डाल कर रहते थे। जिस कारण सब उनको टीले वाले बाबा के नाम से पुकारते थे। टीला कोई 30 फ़ीट का ही होगा, पर एकदम सीधा होने की वजह से उस पर चढ़ाई कर पाना बच्चों के लिए ही नहीं, गाँव के अन्य लोगों के लिए भी दुर्गम था। उस पर से दशकों से चलती आ रही उस टीले वाले बाबा से संबंधित अफ़वाहें और कहानियाँ सबको भयभीत करती थीं। कोई कहता इनकी उम्र 1000 साल है, कोई उनको अवतार मानता, कोई कहता नरपशु हैं, और जोड़ते कि इनके पास शैतानी शक्ति है, तभी इस सीधे खड़े बाँस की तरह टीले पर आसानी से चढ़ जाते हैं। और बच्चों के विपरीत, अनुभव के मन में सदा ही उस टीले और उस टीले वाले बाबा को लेकर काफ़ी उत्सुकता रहती थी। चूँकि टीले के आसपास काफ़ी जगह परती पड़ी थी, इसलिए गाँव के बच्चों ने खेल का मैदान बना दिया था, अनुभव भी वहाँ खेलने जाया करता था।

गर्मियों के दिन थे। पेड़ों पर आम के टिकोरे लद चुके थे। टीले के आसपास भी आम के दर्जनों पेड़ थे। पर उन पेड़ों से संबंधित यह भी अफ़वाह थी कि उन पेड़ों पर टीले वाले बाबा का अभिशाप है। जिस वजह से जो भी व्यक्ति इन पेड़ों के फल खाता है, उसके साथ बड़ा बुरा होता है। पर बच्चे तो नटखट होते हैं। वे अक्सर उन्हीं चीज़ों को करना चाहते हैं, जो उनको मना की जाती है। एक दिन अनुभव और उसके अन्य दो दोस्तों ने मिलकर योजना बनाई कि दोपहर के वक़्त टीले के आसपास अड़े आम के पेड़ों पर धावा बोलेंगे और नमक मिर्ची के साथ टिकोरों की कचारी बनाएँगे। इस कार्य के लिए दोपहर के दो बजे का समय तय हुआ। निश्चित समय अनुसार तीनों दोस्त डंडों, बेंत, गुलेल आदि से लैस टीले पर पहुँच गए। कोई आधे घंटे के प्रयास के बाद वे तीनों दस-बारह टिकोरों के साथ छायादार पेड़ के नीचे बैठकर आगे की योजना पर विचार करने लगे। सबसे पहले सबने अपनी जेबों से, नमक, मिर्च, मसाला, पत्तल आदि सामान को निकाला। फिर उन टिकोरों को बॉटल के पानी से धोया गया। पर एक गड़बड़ हो गई। चाकू, ब्लेड या ऐसी कोई धारदार चीज़ जिससे इन कच्चे आमों को टुकड़ों में काटा जा सके, वे लाना भूल गए थे। सारी प्रसन्नता, निराशा में बदल गई। जो धीरे-धीरे बहस और बहस से झगड़े में फिर तब्दील हो गई। देखते ही देखते तीनों एक दूसरे के बाल नोचने को आतुर हो गए। तभी एक काँपती आवाज़ ने उनका ध्यान भटकाया। ''जागो रे! शैतान औलादों, जागो।''

यह आवाज़ डाँटने के लहज़े में थी। तीनों ने जब पीछे मुड़ कर देखा तो उनके होश उड़ गए। टीले के कोई 6-7 फ़ीट ऊँचाई से वह टीले वाले बाबा तेज़ी से नीचे की तरफ़ सरकते चले आ रहे थे। बड़ी सफ़ेद दाढ़ी, कंकाल शरीर और हाथ में बाँस का लट्ठ देखने में डरावना लग रहा था। तीनों टकटकी बाँध, सुध-बुध खोए बस उसको ही देख रहे थे। तभी वह क़रीब तीन फ़ीट की ऊँचाई से ज़मीन की तरफ़ कूदे। अनुभव सहम गया। वहीं उसके दोनों दोस्त घर की तरफ़ चीख़ते-चिल्लाते नंगे पैर भागे। अनुभव वहीं खड़ा रह गया। मानो उसके हाथ पैर सुन्न हो गए हों। उसने पीछे मुड़ कर देखा तो उसके दोस्त बहुत दूर जा चुके थे, अब उनकी चीख़-पुकार भी नहीं सुनाई दे रही थी। वह बस चुपचाप खड़े रहकर टीले वाले बाबा को अपनी तरफ़ धीरे-धीरे आता देखता रहा।

“बच्चे नाम क्या है तेरा?” बाबा के इस प्रश्न के साथ उसकी मूर्छा टूटी। उसने सकपकाते हुए अपना नाम बताया। फिर उन्होंने दूसरा प्रश्न किया, “लड़के, तू तो बहादुर जान पड़ता है, बोल, इस टीले पर चढ़ेगा?” अनुभव ने अपनी गर्दन हिलाकर ना में जवाब दिया। बाबा मुस्कराए और अनुभव की बिगड़ी हालत देखकर बोले, “इतनी ही जान है तो यह टीला चढ़ कर दिखा, दूसरों से लड़कर कौन-सा वीर कहलाएगा?” फिर उसने अपनी आँखों में आँसू लिए पूरी घटना एक साँस में कह डाली। बाबा उसकी कहानी बड़े चाव से सुनते रहे और अंत में ठहाका मारकर हँसे और अपनी जेब से एक चाकू निकालकर, अनुभव को दिखाते हुए बोले, “आजा, बैठ जा इधर, मैं तेरे इन टिकोरों की भुजिया बनाने में मदद करता हूँ।” अनुभव उनके समीप जाकर चुपचाप बैठ गया और उनका कच्चे आमों का छीलना-साफ़ करना देखने लगा। कुछ देर बाद, उसने थोड़ी हिम्मत जुटाई और उनसे डरते-डरते पूछा, “बाबा, क्या आप नरपशु हैं?” यह सुनकर बाबा एक बार फिर ज़ोर से हँसे और बोले, “तुझे क्या लगता है मेरे सिर पर सींग हैं, या मेरी काँटों वाली पूँछ है? देख, मेरे शरीर को, क्या मैं कोई जानवर दिखता हूँ?” उसने 'ना' में सिर हिलाया और उत्सुकतावश फिर से प्रश्न किया, “तो फिर... तो फिर, आप इस टीले पर क्यों रहते हैं?” बाबा ने उसकी तरफ नज़रें फेरीं और एक गंभीर मुस्कान के साथ बोले, “शुरू में जब मैं इस टीले पर आया था, तो मक़सद था कि सिर्फ़ इस टीले पर चढ़ सकूँ। मैं दिन-रात यही विचारता रहता कि इसके शिखर पर पहुँचना है।”

बाबा ने आगे कहना शुरू किया, “दिन बीतते गए, मौसम आए और गए, पर जीवन में जिस शांति, जिस संतुष्टि की तलाश कर रहा था, वह मिली नहीं। फिर एक दिन अपने जीवन की समस्याओं से तंग आकर सोचा कि अब बस बहुत हो गया, मुझे अब नहीं जीना और तब मैंने निर्णय लिया कि मैं अपने प्राण त्याग दूँगा। मैंने सोचा कि इस कार्य को करने के लिए यह टीला ऊँचा और पथरीला होने की वजह से उपयुक्त स्थान है। और देखो ना, जब तक संसार में उलझा रहा तब तक उनके विचारों से सिर्फ़ अपनी स्मृत बनाता रहा। मैं वह ना बन सका, जो मुझे बनना था। यही सोचता रहा लोग जो कहते हैं वही सही है, उनका भय मेरा भी भय है। जो वो नहीं कर पाए, वह मैं भी नहीं कर पाऊँगा। मैंने जीवन में सोचा बहुत, पर शिखर पर

नहीं पहुँच पाया। पर जिस दिन मैंने अपनी जीवन लीला समाप्त करने की सोची, उस दिन जब इस पर चढ़ रहा था, तो उस वक़्त मुझमें कोई ख़याल नहीं था, कोई डर नहीं था, ना शिखर पर पहुँचने की कोई लालसा थी, और ना ही सफलता-असफलता के कोई मायने थे। मेरा सिर्फ़ एक ध्येय था कि मुझे ऊपर पहुँचना है बस। और उस दिन मैंने एक ही प्रयास में इस टीले की चढ़ाई पूरी कर ली।'' हालाँकि उन टीले वाले बाबा की बातें अनुभव को ज़्यादा समझ में नहीं आ रही थीं, पर उसकी उत्सुकता टीले पर चढ़ने की और बढ़ती जा रही थी। उसने जिज्ञासा वश पूछा, ''बाबा, क्या आप मुझे भी इस टीले पर चढ़ना सिखाएँगे?'' वह आख़िरी बार ज़ोर से हँसे और उठ खड़े हुए और बोले, ''ले, तेरी यह टिकोरी भुजिया तैयार है। इसका खट्टा-मीठा स्वाद तुझे जगा देगा। इतना कहकर, बाबा वापस टीले पर चढ़ने की तैयारी करने लगे। अनुभव कुछ कदम उनकी तरफ़ भागा और बोला, ''पर बाबा, मुझे इस टीले पर चढ़ने की तरक़ीब तो बता जाओ।'' इस बार वह बाबा गुस्से के अंदाज़ में मुड़े और ऊँची आवाज़ में बोले, ''अरे नासमझ, कितनी बार तुझसे बोलूँ रे, कहा तो 'जाग जा', अगर इस टीले के शिखर पर पहुँचना हो तो जाग जा। कुछ भी कर, पर जागकर कर।''

हम सभी ने अपने जीवन में कुछ पहाड़, कुछ टीले बना रखे हैं। हम सोचते हैं कि उस शिखर पर पहुँचकर ही हमें शांति और संतुष्टि मिलेगी। हमें अपने जीवन में छोटी-बड़ी चढ़ाइयों का सामना करना पड़ता है। पर शांति और संतुष्टि शिखर पर नहीं हैं। लोग हिमालय जाते हैं, शांति की तलाश में। पर कितनों को शांति मिलती है? शांति कोई बाहरी वस्तु नहीं है, वह भीतरी अनुभूति है। आपको दुनिया की सारी दौलत, सारी शोहरत भी सुपुर्द कर दी जाए तब भी शांति और संतुष्टि की खोज आपको भीतर ही करनी होगी। लोग जाते हैं हिमालय पर, किन्तु मन घर पर ही लगा है। वहाँ बादल आपको आगोश में लेना चाहते हैं, लेकिन आप सोशल मीडिया पर दूसरों की प्रतिक्रिया के लिए मरे जा रहे हैं। हालही में एक रिपोर्ट पढ़ रहा था, जिसमें बताया गया था कि 60 प्रतिशत लोग घूमने या अन्य जगह पर जाना इसलिए पसंद करते हैं ताकि वे सोशल मीडिया पर अपना प्रभाव जता सकें। लोग जिस चीज़ से भागते हैं शांति की तलाश में, वे अपने साथ उसको ढोते रहते हैं। यहाँ हिमालय की बर्फ़ तलवे को अनूठे रूप से संवेदनाओं को शिथिल कर रही है, पर हृदय क्रोध से तप रहा है। दूर-दूर तक प्रकृति

ने सुंदरता बिखेर रखी है, पर मन अभी भी पारिवारिक झगड़ों की मैल से दूषित हो रहा है। तो क्या शांति शिखर पर मिल सकती है? बिलकुल नहीं। अगर जो कहता है शांति कहीं बाहर खोजी जा सकती है, वे मूढ़ता में है।

अनुभव के जीवन की गाड़ी एक बार फिर बेंगलुरू पहुँच चुकी थी। उसने बीते 3 सालों में नौकरी के दौरान सेल्स में एक मुक़ाम हासिल किया था। अब उसे एक नए अवसर की तलाश थी। उसके अंदर ख़ुद का कुछ करने की छटपटाहट तेज़ी से बढ़ रही थी। जब वह घर से निकलता, तो भूखा होता, लेकिन कुछ करने की भूख उसकी हर भूख को शांत करती जा रही थी। जो भी वह करता, जहाँ भी रहता, वह अपने मक़सद को सामने रखता और ख़ुद को प्रेरित करता था। क्या दिन क्या रात, वह अपने आप को, अपने व्यक्तित्व को, और अपने कौशल को अपग्रेड करता रहता। उसे जो भी नहीं आता, वह सीखता था। हर टारगेट, उसके सेल्स स्किल्स को और बढ़ा रहे थे। वह दुनिया वालों को बता देना चाहता था कि उसमें भी कुछ है, जो इन बाहरी बेड़ियों से कहीं ज़्यादा मूल्यवान है। उसे बेहतर बनना था, क्योंकि उसे हर एक बेड़ियों को तोड़ना था। वह उसी बेड़ियों को जड़ से उखाड़ना चाहता था, जो उसके मक़सद और सपने के आगे आतीं। वह उसी बेड़ियों को हर दिन और हर रात अपने कानों में खनकता सुनता था, जो कहतीं थीं, 'ऐसा करो, ये मत करो, तुम मशीन बनो, तुम मैनेजर बनो, लेकिन गुलाम बने रहो।'

''मनुष्य विचारों का गुलाम होता है, कई बार इन विचारों की बेड़ियाँ हमारी चेतना में इतनी महीन जड़ी होतीं हैं कि इनकी जकड़ हमें दिखाई नहीं देतीं। पर अच्छी बात यह है कि इन बेड़ियों को हम अपनी होश की ऊर्जा से पिघला सकते हैं।''

अनुभव का परिवार बढ़ रहा था। बेटी बड़ी हो रही थी। अनुभव कहीं भी रहे, कुछ भी कर रहा हो, उसकी बेटी का भविष्य उसके आँखों के आगे से तैर जाता था। वह नहीं चाहता था कि जो बेड़ियाँ उसके हिस्से आई हैं, वे वंशानुगत उसकी बेटी तक पहुँचें। वह छलांग लगाना चाहता था, वह छलांग लगाना जानता भी है। लेकिन वह जानता था कि कहीं पहुँचना है तो पहले उसकी तैयारी कर लो, अनुभव को अच्छी तरह पता था कि आज मैं आंतरिक रूप से मज़बूत नहीं हूँ।

जीवन तभी कामयाब हो सकता है, जब आप में सही फ़ैसले लेने की ताक़त आ जाती है। फ़ैसला लेने का मतलब सिर्फ़ शाब्दिक 'हाँ' और 'ना' नहीं होता। यह आपकी कुशलता और योग्यता की परीक्षा होती है। यहाँ आपकी भावनात्मक और मानसिक स्थिति के प्रति आपकी जागरूकता की परीक्षा होती है। यहाँ आपकी विचारशीलता की परीक्षा होती है। यह आपके होश की परीक्षा होती है।

एक दिन ऑफ़िस में अनुभव की काफ़ी चर्चा चल रही थी। उसने टारगेट का दुगना सेल कर दिया था। अनुभव ख़ुशी से फूला नहीं समा रहा था। हर कोई उसकी चमत्कारी टेक्निक और इस सफलता की कहानी सुनना चाहता था। कंपनी के बॉस ने अनुभव को अपने केबिन में बुलाया। ढेरों तारीफ़ों के पुल बाँधे गए, यह अहसास कराया गया कि तुम कितने ख़ास हो। साथ में कुछ ख़ूबसूरत नाम वाले ख़्वाब भी दिखाए गए और बोला गया कि बस कुछ ही इंच तुम दूर हो इसे छूने में, अगर इसे छू लिया तो तुम इन बेड़ियों को ख़ूबसूरत रंग से रंग सकते हो। ये बातें पहुँचते-पहुँचते घर परिवार तक भी पहुँच गईं, ख़ुशनुमा मौहाल बना हुआ था, झूठी हँसी का गुबार भरा हुआ था केबिन में। तभी अचानक अनुभव के आगे उसकी बेटी की झलक तैर गई। अनुभव के चेहरे से रंग उतार गया। वो जो अभी आश्वासन के झूठे घोड़े पर सवारी करके, बादलों की सैर कर रहा था, अचानक बेटी की इक हँसी ने धरती पर पटक दिया। सामने बॉस अनुभव की मनोदशा समझ गया।

उसने अनुभव के कंधे पर हाथ रखा और पूछा, "क्या बात है? कोई समस्या है क्या?" अनुभव कुछ देर चुप रहा, फिर कुछ सोच कर बोला, "सर, आज तक कुछ माँगा नहीं मैंने। सर, अगर मेरी सैलरी बढ़ जाती तो ज़्यादा नहीं, दो-तीन हज़ार ही, तो शायद..." अभी बात भी पूरी भी नहीं हुई कि बॉस बोल उठा, "कम ऑन... यंग मैन, इंसान को उतना ही खाना चाहिए जितना उसके हक़ का हो। तुम्हारी वैल्यू करोड़ों में है, ये हज़ार दो हज़ार की बात तुमको सूट नहीं करती, आई थिंक यू नीड अ ब्रेक, ऐसा करो तुम इस वीक गोवा घूम आओ, वहाँ हमारे एक क्लाइंट हैं, उनसे मीटिंग भी हो जाएगी, बस ये गोवा वाली भी डील ला दो, फिर आय प्रॉमिस, इस बार तुम्हारा प्रमोशन पक्का। और हाँ, इस ट्रिप में अपनी फ़ैमिली को भी

ले जाना। आख़िर तुम्हारा भी हक़ बनता है सेलेब्रेट करने का।'' अनुभव चुपचाप लौट आया।

अनुभव इस सफलता के लिए समझ नहीं पा रहा था कि वह ख़ुश हो कि उदास हो। उसकी इच्छा हुई कि वह इन रंगीन बेड़ियों को तोड़ कर कहीं बहुत दूर फ़ेंक दे। पर वह ख़ामोश रहा। वह चीख़-चीख़ कर रोना चाहता था, पर शायद उसे पता था कि ये मन के कमज़ोर भाव इन बेड़ियों को और भी ताक़त देंगे। वह गोवा पहुँचकर अपने परिवार को खिलखिलाते, उमंग और उल्ला में डूबा हुआ देख रहा था। पर वह अपनी उन बेड़ियों को भी देख रहा था, जिसमें बँधा वह उनके साथ नाच नहीं पा रहा था, गा नहीं पा रहा था, कह नहीं पा रहा था कि बेटी इन ख़ुशियों की क़ीमत गुलामी है।

गुलामी की ऐसी ही बेड़ियों में जकड़ा, अनुभव का जीवन तनाव में गुज़र रहा था। जब वह बेंगलुरू आया था, तो उसने सोचा था कि 40 हज़ार सैलरी जीवन को शांतिपूर्ण रूप से जीने के लिए काफ़ी होगी। पर इतने काफ़ी नहीं थे। वह फिर सोचता, अगर 60 हज़ार महीने की उसकी तनख़्वाह हो जाती है तो जीवन बहुत आसानी से कटेगा। कुछ महीनों के अथक प्रयासों के बाद, वह इस मुक़ाम पर भी पहुँच गया। पर उसके जीवन में अभी भी संतुष्टि नहीं थी। उसने कामना की, अगर उसकी पगार 85 हज़ार हो जाती है, तब जीवन में कोई परेशानी नहीं आएगी। उसने अगले 2 सालों में यह मुक़ाम भी पा लिया। पर जीवन में अभी भी शांति नसीब नहीं थी। तनख़्वाह बढ़ी तो ज़रूरतें भी बढ़ीं, ज़रूरतें बढ़ीं तो ख़र्चे भी बढ़े, लेकिन जिस शांति और संतुष्टि की खोज पर वह निकला था, वह इन नाम, पद, प्रतिष्ठा के शिखर पर हासिल नहीं हुई।

एक दिन ऐसे ही निराश वह अपने ऑफ़िस में बैठा था और अपने जीवन के गणित का हिसाब-किताब लगा रहा था। वह बैठा सोच रहा था कि आख़िर ऐसा कौन-सा शिखर है, जहाँ पहुँच कर वह शांति पा सकता है। तभी उसके दिमाग़ में वर्षों पहले कही गई उस टीले वाले बाबा की बात तेज़ लहरों की तरह उमड़ पड़ी कि ''जाग जाओ, अगर शिखर पर पहुँचना है तो जाग जाओ''। अनुभव को एक पल लगा जैसे वह बाबा उसे पुकार रहा है। उसके उपरांत उसने ऑफ़िस से कुछ दिन की छुट्टी ली और घर की तरफ़ चल दिया।

घर पहुँचते ही अनुभव सबसे पहले टीले वाले स्थान पर पहुँचा और उसने प्रण किया कि वह इसकी चढ़ाई करेगा। शुरुआत में उसके मन में भय ज़रूर उठा, कि अगर पैर फिसल गया तो क्या होगा! अगर ऊपर कोई ख़तरा मिला तो क्या करूँगा! क्या ऊपर अभी भी वह बाबा मौजूद होगा आदि। देखते-देखते उसने 10 फ़ीट की ऊँचाई का निर्धारण कर लिया। अब उसका पूरा ध्यान सिर्फ़ चढ़ाई पर ही था। वह एक भूल, एक चूक से मिलने वाले परिणाम को समझता था। इसलिए बड़ी सतर्कता से एक-एक क़दम बढ़ा रहा था। अनुभव के लिए अच्छी बात यह थी कि उन चट्टानों पर चिह्न थे। संभवत: ये निशान उस बाबा के ही थे, जो उनके चढ़ने-उतरने के दौरान बन गए थे। अनुभव बड़ी सावधानी से उन पदचिह्नों का अनुसरण करते बढ़ा जा रहा था। वह एक-एक पत्थर को ध्यानपूर्वक देखता, उनको टटोलता, फिर आगे बढ़ता। इस दौरान उसे कुछ और ख़याल नहीं रहा। वह जिस चट्टान पर हाथ बढ़ाता, पूरे होश में बढ़ता, वह एक क़दम भी फूँक-फूँक कर बढ़ता और ऐसा करते-करते अंततः वह कुछ ही देर में टीले के शिखर पर पहुँच गया।

होश का मतलब है ध्यान, तुम जो कुछ भी होशपूर्वक करते हो, वह काम ध्यान बन जाता है। अनुभव जब उस टीले पर पहुँचा तो वर्षों पहले उन बाबा का दिया मंत्र समझ में आया। अगर शिखर पर पहुँचना है, तो जाग जाओ, होशपूर्ण हो जाओ। इसका सीधा संबंध गुणवत्ता से है, जो तुम कर्मों में लाते हो। होश का मतलब है अवेयर्नेस, सचेत होना, जाग जाना, अपने विचारों अपने कर्मों के प्रति जागना ही सफलता का प्रथम द्वार है।

हम ब्रांड अवेयर्नेस की काफ़ी बात करते हैं। क्या है यह ब्रांड अवेयर्नेस? किसी उत्पाद की निरंतरता, गुणवत्ता और विश्वसनीयता के प्रति जागरूक होने की रणनीतियाँ ही तो हैं। यह कोई अलग प्रोसेस नहीं है। यह किसी दूसरे काम में बाधा नहीं है। यह ऐसा नहीं हैं कि मैं आपको वित्तीय रिपोर्ट बनाने को कहूँ, साथ में गाड़ी चलाने को कहूँ। आप कोई एक काम कर पाओगे। पर होश कोई अवरोध या रुकावट नहीं है। अगर आप होशपूर्वक स्कूटर चला रहे हैं तो स्कूटर चलाना ही आपका ध्यान बन जाएगा। आप होशपूर्वक किसी वेबसाइट की कोडिंग कर रहे हैं तो यह कार्य ही आपका ध्यान बन जाएगा।

होश का बहुत सरल सा मतलब यह है कि आपका ध्यान रिपोर्ट बनाने से कहीं और ना जाए, रिपोर्ट बनाने में ही रहे। मन वित्तीय रिपोर्ट बनाना छोड़ कर कहीं और विचर रहा है तो यह रिपोर्ट बनाने का काम बेहोशी में हो रहा है। आप होश में रहकर भी रिपोर्ट बना सकते हैं, बेहोश की स्थिति में भी। होश का मतलब आँखें खुली रखने से नहीं है बल्कि ध्यान से है। मुझे ऑफ़िस में वित्तीय रिपोर्ट बनानी है और मन घर पर चल रहा है। शरीर ऑफ़िस के टेबल पर है पर मन घर पर है। ऐसी स्थिति में ना तो आप घर पर हैं, क्योंकि वहाँ तो आप है नहीं और ना ही ऑफ़िस के टेबल पर क्योंकि मन तो घर पर चल रहा है। ऐसे में जो ऑफ़िस में वित्तीय रिपोर्ट बन रही है, बेहोशी की स्थिति में बन रही है, क्योंकि यह कार्य आपके बिना हो रहा है।

अगर मैं इस व्यावसायिक बाज़ार की बात करूँ तो हमारा होशपूर्ण होना बहुत आवश्यक है। क्योंकि यह ऐसी जगह है जिसके परिवेश में तरह-तरह के विचार, तरह-तरह के आइडिया तैरते रहते हैं। अनेक विचार आएँगे, आपके विचारों से टकराएँगे। एक बिज़नेस लीडर होने के नाते आज आप जिस मुक़ाम पर हैं, वहाँ आपकी टेबल पर हज़ारों आइडियाज, कितने ही प्रॉजेक्ट्स, ना जाने कितनी योजनाएँ, पेपरों पर कुलबुलाएँगी। पर हक़ीक़त में जब इनके पीछे बिना अर्थ के भागेंगे, बिना जागे इसे पकड़ने की कोशिश करेंगे तो यह बुलबुले की तरह फूट जाएँगे। याद रखिए इस सफ़र में ऐसे विचारों, ऐसे-ऐसे प्रलोभनों से सामना होगा जो मन में तरह-तरह की लुभावने आकृतियाँ बनाएँगी। ऐसा कर लिया तो ऐसा हो जाएगा, ये भी कर लिया तो यहाँ पहुँच जाऊँगा। यह फ़ाउंडर का पद वह ऊर्जा लेकर आता है, जो अपनी तरफ़ हर तरफ़ से आ रहे हर सकारात्मक और नकारात्मक विचारों को सम्मोहित करेगा। आपके चारों तरफ़ विचारों का क्षेत्र तैयार हो जाएगा। यह विचार स्वतः अपने आप घुलते चले जाएँगे। अपने उद्देश्य के निरंतर पथ पर चलने के लिए आवश्यक है कि हम अन्य विचारों में खो ना जाएँ। हमें अपने मक़सद पर अडिग रहना है, जिसके लिए ज़रूरी है कि हम उन विचारों से बचें, जो आपको अपने उद्देश्य से भटकाएं। ऐसे विचार जो आपकी कंपनी को अलग दिशा में मोड़ दें, ऐसे विचारों से बचा जाना बहुत आवश्यक है।

एक बार की बात है, बुद्ध एक नगर के समीप 2-4 दिन से डेरा जमाए हुए थे। एक दिन उनका एक शिष्य घबराया हुआ, भागा चला आया। बुद्ध ने अपने शिष्य से इस तनाव का कारण पूछा। शिष्य ने कहा, ''क्या बताऊँ, बड़ी उलझन में हूँ। कल की घटना है, मैं जब नगर में भिक्षाटन के लिए निकला तभी ना जाने कैसे यह ख़याल आया कि अगर आज कहीं से मुझे खीर खाने को मिल जाए, तो आनंद होता। तभी सामने के घर से एक स्त्री की आवाज़ आई और कहा, 'भिक्षु आइए, पधारिए, स्वादिष्ट खीर तैयार हो गई है।' मैंने परम एक को धन्यवाद किया, आसन लिया, खीर परोसी गई, स्वाद लिया, जो बहुत ही स्वादिष्ट थी। जब मैं खीर खाने के मध्य में था, तभी अचानक एक और ख़याल आया कि एक कटोरी अगर और मिल जाती तो और भी आनंद होता। बड़ी आश्चर्यजनक घटना घटी, अभी मेरा यह ख़याल भी ख़त्म नहीं हुआ कि तभी उस स्त्री ने कहा, 'आप निश्िंचत रहें, मैंने बहुत ढेर सारी खीर पकाई है, आप एक नहीं, दो कटोरी खीर खा सकते हैं।' मैं भौचक्का रह गया तब मैंने उस स्त्री से आदरपूर्वक पूछा, 'क्या आप दूसरे के विचारों को, मन की बात को पढ़-सुन सकती हैं?' तो ज्ञात हुआ कि वह स्त्री एक साधक है। उस स्त्री ने मौन साध रखा था, इसलिए वह मौन को भी सुन सकती थी। मैंने उस साधक को प्रणाम किया और आनंदित डेरा के पास लौटने लगा। लेकिन तभी एक और विचित्र घटना घटी। जब मैं मार्ग में था, तभी ना जाने से कहाँ से एक ख़याल आया, जिसमें मैं देखता हूँ कि मैं उस स्त्री के साथ ग़लत कर्म कर रहा हूँ। यह तो बड़ा अधर्म हुआ इसलिए मैंने यह तय किया है कि मैं वापस उस नगर में भिक्षाटन हेतु नहीं जाऊँगा।''

बुद्ध शिष्य की बातें ध्यानपूर्वक सुन रहे थे। उन्होंने कहा कि चिंतित ना हो, जैसा मैं कहता हूँ वैसा करो, ज़रूर तुम्हारे प्रश्नों का, तुम्हारी उलझन का उत्तर मिल जाएगा। उन्होंने सुझाया कि वह एक बार फिर उसी नगर, उसी स्त्री के घर जाएँ, लेकिन इस बार जब भोजन तुम्हारे सामने आए, तो ध्यान सिर्फ़ भोजन पर रखें। एक-एक कौर को परखें, एक-एक अन्नकण का स्वाद लें। शिष्य ने भी ठीक ऐसा ही किया। दूसरे दिन वह उसी नगर में उसी स्त्री के घर पहुँचा। भोजन पक कर तैयार था। भिक्षु ने आसन लिया, स्त्री ने भोजन परोसा। लेकिन इस बार भिक्षु ने अपना ध्यान सिर्फ़ भोजन पर

ही केंद्रित किया। वह हर कौर को होशपूर्ण होकर ग्रहण करता। भोजन के टुकड़े को उठाना, चबाना, स्वाद लेना, सबकुछ होशपूर्ण हो रहा है। एक-दो निवाले बाद साधु को यह अहसास हुआ कि यह गाय के दूध से बनी खीर नहीं है। कुछ देर में उसे मालूम पड़ गया कि यह एक ख़ास फल के रस से बनी खीर है। उसे यह बात समझ में आ गई कि होशपूर्ण ना होने से सत्य बहुत दूर चला जाता है। जितना आप बेहोश उतना भ्रम, उतना अज्ञान और फिर असत्य को ही सत्य मान कर धारणा बना लेते हैं। उन्होंने मन ही मन उस स्त्री को प्रणाम किया और इस बार होशपूर्वक झूमता चला गया।

इस कहानी का संदेश यह है कि आपको जो काम करना है, उसमें पूरा ध्यान देना चाहिए। यदि आप भोजन कर रहे हैं, तो सिर्फ़ भोजन पर ही ध्यान केंद्रित करें, कुछ और नहीं। ''कुछ ना करना'' भी होशपूर्णता का एक अंग है और जो बाक़ी रह जाता है, वह फिर आप ही हैं, वही होश है। भोजन ही होश है, क्योंकि वहाँ फिर कुछ और नहीं है। इसे समझना महत्त्वपूर्ण है। मान लीजिए, बुद्ध कहते हैं कि जब खाना खाना है, तो ''बुद्ध-बुद्ध'' जपना। खाना और मंत्रजाप, ये दोनों ही अलग काम हैं। यदि शिष्य ''बुद्ध-बुद्ध'' जपता है, तो उससे भोजन छूट जाता है, और जब वह भोजन करता है, तो ''बुद्ध-बुद्ध'' रट नहीं सकता। सिर्फ़ भोजन पर ध्यान लगाने से ही भोजन का कार्य होशपूर्ण हो जाता है।

होशपूर्ण होने का मतलब है, अर्थपूर्ण होना। जब आप किसी भी काम के प्रति होशपूर्ण होते हैं, तो आपके कार्य की सार्थकता बढ़ जाती है। जब आप होश में होते हैं, तब ही आप ऐसे फ़ैसले ले सकते हैं, जिससे एक कंपनी, एक आइडिया के मक़सद के लिए सार्थकता सिद्ध हो। एक कंपनी तब तक सफल नहीं हो सकती जब तक उसे यह सच्चाई पता नहीं होती कि उसके उद्देश्यों की पूर्ति के लिए कौन से विचार सार्थक हैं और कौन से विचार निरर्थक हैं।

होश को लेकर भी कई ग़लत धारणाएँ हैं। होश या ध्यान को अक्सर कोई काम की तरह देखा जाता है। मेरे कई ऐसे मित्र हैं, जिन्हें अक्सर कहते सुनता हूँ कि यार, लाइफ़ इतनी बिज़ी है, ध्यान करने का वक़्त ही नहीं मिलता। कहीं सुनने को मिलता है कि फलाना काम में उलझा था, इसलिए आज ध्यान नहीं कर पाया। पहली बात तो यह है कि ध्यान कोई काम नहीं

है, होश भरने के लिए कुछ करने की ज़रूरत नहीं है। बल्कि आप कोई भी कार्य इतने ध्यानपूर्वक कीजिए कि वह कार्य होशपूर्ण हो जाए। अगर आप ऑफ़िस में कोई कार्य कर रहे हैं तो उसी को ध्यान बना लीजिए, आप अगर चल रहे हैं तो उसी को ध्यान बना लीजिए। जब कभी भी आप चल रहे हो तो ध्यान चलने पर ही केंद्रित कर दीजिए। विचार आएँगे, ध्यान हटेगा, अचानक आपका मन कहीं और होगा, लेकिन कोई बात नहीं, आपको वापस चलना स्मरण होगा, तब लौट आइए धीरे-धीरे। यह कोई अवरोध नहीं है, बल्कि होश आने से काम में सहयोग होगा। आप और बेहतर चल पाएँगे, क्योंकि कोई काम जितना ध्यानपूर्वक किया जाएगा, उस कार्य को करने की कुशलता और बढ़ जाएगी। होश से उस कार्य के प्रति आपकी जागरूकता बढ़ जाएगी, और जब आप जागरूकता के साथ, ध्यानपूर्वक काम करते रहते हैं, तो उस कार्य के प्रति योग्यता आती है।

काम की कुशलता और योग्यता ध्यान पर निर्भर है। आप जब कोई भी काम ध्यानपूर्वक करते हैं, आपकी कुशलता और योग्यता बढ़ती है, काम करने की क्षमता बढ़ती है। इतना ही नहीं, ध्यानपूर्वक काम करने से काम की मात्रा भी बढ़ती है और आप थकते भी नहीं हैं। जब हम ऐसी अवस्था में होते हैं जब शरीर कहीं होता है और मन कहीं, तो स्वाभाविक तौर पर तनाव उत्पन्न होता है। यह तनाव ही थकान है। आप घर में हैं और मन ऑफ़िस की फ़ाइलों के पन्ने पलट रहा है तो आप घर पर रह कर भी थकेंगे। इसको दूसरी तरह से देखते हैं। कोई भी अपना पसंदीदा खेल चुन लीजिए, जैसे मेरा फुटबॉल है। जब मैं खेल के मैदान पर होता हूँ तो यह खेल पूरी तन्मयता, पूरे आनंद के साथ खेलता हूँ। यह हम जानते हैं कि कोई भी खेल खेलने के लिए काफ़ी शक्ति लगती है, लेकिन आश्चर्य, मैं फिर भी ताज़गी का अनुभव करता हूँ।

खेल में शक्ति लगती है, आप जो कुछ भी करेंगे शरीर ऊर्जा ख़र्च करेगा। लेकिन कितने आश्चर्य की बात है, आप क्रिकेट खेल कर लौटते हैं और तरोताज़ा महसूस करते हैं। या ऐसा कोई भी खेल जो आपको पसंद हो, उसे खेलते वक़्त आप जान लगा देते हैं। काफ़ी ऊर्जा ख़र्चते हैं, फिर भी ताज़गी का आनंद उठाते हैं। सिर्फ़ क्रिकेट ही नहीं, ऐसा कुछ भी, जैसे दोस्तों के साथ पतंग उड़ाना, पार्क में अपने बच्चों के साथ भागना, अपने

पालतू जानवर के साथ बिताया हुआ एक घंटा। यह आप में ऊर्जा भर रहे हैं। आप थकते नहीं। फिर संसार का पता ही नहीं चलता। आपका बस चले तो आप घंटों लगातार खेल सकते हैं। पर यही खेल मैं आपको काम की तरह दे दूँ तो? मान लीजिए किसी को पैसे दूँ, नौकरी पर रख लूँ और कहूँ इसे काम की तरह रोज़ आ कर करना है, तब? थकावट आएगी, यही तनाव है। क्योंकि काम करते वक़्त शरीर तो मौजूद है, पर ध्यान कहीं और लगा है। पर खेल में आपका पूरा ध्यान वहीं है। कभी खिलाड़ियों को सुनने या पढ़ने का मौक़ा मिले तो उनकी कही बातों पर गौर कीजिए, कहते पाएँगे, ''आय रियली एंजॉयड माय गेम''। यानी जैसा चाहा, वैसा किया। ''जैसा चाहा और वैसा किया'' के बीच ध्यान है, जो होश भरता है। जो खड़े रह कर कहता है, नहीं सचिन ऑस्ट्रेलिया के पास अच्छा अटैक है, नई बॉल और पिच उनके फ़ेवर में हैं, उन्होंने पाँच खिलाड़ी ऑफ़ साइड में ले रखे हैं, यानी गेंदबाज़ी मुझे ऑफ़ साइड में ड्राइव कराने के लिए की जाएगी। मुझे आज ऑफ़ में खेलना ही नहीं है।

सचिन की उस पारी में शतक था। सचिन ने लेग को ही साधा। यह साधना ही ध्यान है। वह जो कर रहे थे, ध्यान उसी पर था। यह खड़े रह कर देखना कि मैं क्या कर रहा हूँ, कैसे कर रहा हूँ, ठीक कर रहा हूँ या नहीं? यानी जो कर रहा हूँ, उसे देखना मात्र ही होश है। यह कुशलता लाता है, यह योग्यता लाता है।

स्टैंडिंग इन अवेयर्नेस। बस खड़े रख कर देखना। यह बस आपके और दुनिया के अस्तित्व को प्रेमपूर्ण, और स्पष्ट जागरूकता के रूप में व्यक्त करता है। यदि यह सत्य आपके अनुभव के रूप में साकार हो जाए, तो कुछ भी करने की आवश्यकता नहीं है। रास्ता ग़ायब हो जाता है, और जीवन मिठास और उत्सव में जीया जाता है। जो हो रहा है, वो आपको पता होना चाहिए, यही ध्यान है, और ऐसा होने से ऐसा होगा, यही होश है।

एक बड़ी ही अच्छी कहानी है। ज्ञान, वीरता और उदारशीलता के लिए प्रसिद्ध राजा विक्रमादित्य का दरबार लगा हुआ था। राजा विक्रमादित्य से मिलने की किसी को मनाही नहीं थी। वह जनता के प्रति बड़े दयालु थे। वे अक्सर वेश बदल कर लोगों के बीच जाते थे, उनके साथ रहते थे, उनको समझते थे, और उनकी बेहतरी के लिए नीतियाँ बनाते थे। वह न्यायप्रिय थे।

ऐसी धारणा है कि उनकी यह न्याय साधना देख कर तीन देवियों ने दर्शन दिए थे। जनता भी ऐसे राजा को पाकर स्नेह लुटाती थी। उनके दरबार में नौ रत्न थे। दरबारों में फिर जो नौ रत्न रखने की परंपरा जन्मी, इनके दरबार से ही जन्मी। दरबार भरा रहता था। अक्सर उनके दरबार में ऐसे लोग आते थे, जो दर्शनाभिलाषी मात्र थे। राजा इनका बहुत सम्मान करते थे, करुणा बरसाते थे। कहते हैं, वीर राजा विक्रमादित्य के दरबार में एक फ़क़ीर वर्षों से लगातार चला आ रहा था। वह राजा को राज करते देखता। मौक़ा मिलता तो राजा से मिलता, आशीष देता, साथ में एक फल देता। राजा भी आभार जताते, और फल को रख लेते। धीरे-धीरे वर्ष बीत गए। एक दिन राजा ने आख़िर दुविधा में आकर पूछ ही लिया, ''हे! साधु महाराज, मैं आपको वर्ष भर से देख रहा हूँ, आप रोज़ाना एक फल लेकर आते हैं, मुझे आशीष देकर चले जाते हैं। यह आशीष तो आप बिना भेंट के भी दे सकते हैं। फिर यह भेंट क्यों? मैं दुविधा में हूँ। मेरे मन में अचानक यह प्रश्न आया कि आप तो ठहरे साधु संन्यासी, आपको क्या ही दे सकता हूँ मैं? पर कहीं ऐसा तो नहीं, कि आप मुझे कुछ दिखाना चाहते हों? या कहीं ऐसा तो नहीं कि भूलवश मुझसे कोई अपराध हो गया हो, जिसके लिए मैं क्षमाप्रार्थी हूँ।'' राजा की बात सुनकर साधु महाराज मुस्कराए, बोले, ''नहीं राजन, व्यर्थ दुविधा में मत पड़ो। बस यह कहना चाहता हूँ, 'हर प्रश्न का उत्तर स्वयं मनुष्य के पास है, अक्सर चीज़ें हमारे आसपास, हमारे भीतर ही होती हैं, और हम व्यर्थ बाहर भटकते हैं।'' राजा तुरंत अपने कक्ष में जाते हैं, वहाँ एक ढेर लगा हुआ था, जो लोग भेंट स्वरूप कुछ दे जाते थे, राजा उनको प्रेमपूर्वक अपने पास रख लेते थे। कक्ष भरा था भेंट से, उपहारों से। उन्हीं में फलों का भी ढेर था। जब राजा ने एक-एक फल काट कर देखा, तो पाया सबमें अनमोल रत्न थे, हीरे थे। राजा मुस्करा दिए। सारे मंत्री भौंचक्के हो कर बोले, ''अरे, जिसे व्यर्थ ही फल समझते थे, वह तो बेशक़ीमती हीरा है।''

मंत्री समझ गए, अपराध हुआ। मामूली फल समझकर क्या-क्या भाव लगाया, यह तो भारी अपराध हुआ। पीछे मुड़े, और साधु के पाँव पकड़ने भागे, राजा ने यह कह कर रोका, ''रहने दो मंत्री गण, वह नहीं मिलेंगे। अवसर ऐसे ही नहीं मिलते, वह जा चुके हैं।'' राजा अगर होश में रहता तो उस भेंट को सिर्फ़ फल नहीं समझता। असली रत्न होश है। मैं कितने ही

रत्न इकट्ठा कर लूँ, पर यह रत्न अनमोल है। इसे परख़ते रहिए, अपने हर काम में। यह खड़े रहकर देखना, परख़ना ही जागरूकता है। असल में जो यह आपका खेलना है, यही जागरूकता है, यही ताज़गी है। आप जितने होशपूर्ण होंगे, उतने ही जागरूक होंगे, उतने ही ताज़ा महसूस करेंगे, उतना ही आपका काम में मन लगेगा। किसी काम में मन लगना ही होश है। वह बस खड़ा है, देख रहा है आपको आगे बढ़ते हुए, आनंदित होते हुए। फिर वहाँ कोई रास्ता नहीं रह जाता। आप देख सकते हैं, आप यह कर लेंगे। आप फिर करते वक़्त उस काम को अपने अनुभव में लाते हैं। आप बस करते चले जाते हैं, ख़ुद को साधते चले जाते हैं। और होश में, आनंदित होकर, उस काम को होते हुए जागरूक, खड़ा देखता रहता है।

इसलिए कहता हूँ, अगर आप अपने काम के प्रति, कर्तव्य के प्रति, अपने विचार, अपने मक़सद के प्रति, समाज के प्रति, अपनी कंपनी के परवरिश के प्रति होशपूर्ण नहीं हैं, तो भले ही आपके दरबार में नवरत्नों की फौज हो, किंतु आपको परख़ना नहीं आता, आपको अपने काम में ताज़गी महसूस नहीं होती, तो इसका अर्थ है कि आप होशपूर्ण नहीं हैं। आपका काम आपके खेल की तरह होना चाहिए, आपको पता होना चाहिए कि तनाव क्या है, उसका निवारण क्या है, और उसकी संभावना क्या है। तब आपको कोई भी फ़ैसला लेने में मदद मिलेगी। तब आप होशपूर्ण होंगे। किंतु अगर आपके मन में ज़रा भी भ्रम रह जाए तो इसका मतलब यह है कि अभी कुछ सवाल हैं? जिनके जवाब अभी ढूँढ़ने हैं। अगर आप इन्हीं सवालों के जवाब ढूंढ़ लेते हैं तो आपका काम खेल की तरह प्रतीत होता है। फिर उस काम को करते वक़्त, उस काम की छवि सामने होती है। यह छवि ही होश है। इसे आपने अपने भीतर गढ़ा है। इसलिए सिर्फ़ आप जानते हैं कि यह कैसे पूर्ण होगा। और फिर जब आप काम करते वक़्त आनंदित रहते हैं, तब वह काम होशपूर्ण हो जाता है, और वहीं अगर आप होशपूर्ण नहीं हैं, तो आपकी कंपनी, आपका काम आपके विचारों से नहीं चल रहा है। ऐसे में मैं निश्चित ही कह सकता हूँ, 'आपकी कंपनी का अंत होना तय है'।

5

खोज

जीवन में एक प्यास, एक अतृप्ति का होना आवश्यक है। अगर इस बाज़ार पर आप अपनी धमक दिखना चाहते हैं तो आपके भीतर एक प्यास की लौ हमेशा जलती रहनी चाहिए। पर बहुत से लोगों को देख कर लगता है, जैसे उनके भीतर कोई आकांक्षा ही नहीं है। वे बस जीए जा रहे हैं। उनको देख कर ऐसा लगता है जैसे वे अपने जीवन का बोझ लादे कहीं और नहीं, बल्कि अंत की तरफ़ भागे जा रहे हैं। उनको कहीं जाना नहीं है, कहीं पहुँचना नहीं है। बस दौड़े जा रहे हैं बिना अर्थ के, बिना मक़सद के। उनको देख कर प्रतीत होता है, जैसे उनके भीतर कोई जलती हुई अतृप्ति नहीं है। ऐसी कोई प्यास, ऐसी कोई आकांक्षा नहीं हैं, जिसकी तृप्ति के लिए ख़ुद की सार्थकता और पुरुषार्थ को उकसा सकें, अपने व्यक्तित्व में बदलाव कर सकें। एक बेहतर रूप में निखार सकें। याद रखिए इस व्यावसायिक सफ़र में आपको सफलता थोपी नहीं जा सकती। इसके लिए ज़रूरी है कि आपके अंदर उसकी चाह हो। जब भीतर प्यास होगी तभी सागर की चाह होगी। और जब भीतर प्यास है, तो पानी का जलाधारा भी अवश्य ही मिल जाएगी। इसलिए सफलता की खोज में निकलने से पहले यह अति आवश्यक है कि इस बात को खोज लें कि भीतर कोई प्यास है या नहीं?

मनुष्य के असफलता का सबसे मुख्य कारण यह है कि हमने संतुष्ट रहना सीख लिया है। हमारे पास जो है, उसे हमने अपने लिए उचित मान चुके हैं। हमारे अंदर अब कोई प्यास शेष नहीं रह गयी है। जो नौकरी कर रहा है वह नौकरी में संतुष्ट है, जिसने कोई उद्योग लगाया है वह उसमें संतुष्ट है। हमने मान लिया है कि हमारी लाइफ़ सेट है। हमारा जीवन तृप्त है।

निश्चित ही ऐसा संतोषी जीवन कोई आनंद, कोई शांति नहीं दे पाएगा। जो आदमी अपने जीवन से सहमत है, जैसा जीवन मिल रहा है उसमें तृप्त है, उसके जीवन में कोई विकास, कोई प्रगति संभव नहीं है।

लोगों को किसी सीईओ की ज़िंदगी देख कर लगता है कि जीवन आसान है। महानगरों में घर, महँगी गाड़ी, बच्चों की विदेशी शिक्षा, सीईओ का पद, अब कोई असंतोष नहीं है। उनको यह भ्रम है कि हम संतुष्ट लोग हैं। पर पूछिए ख़ुद से क्या हमारी प्यास मिट गई। हमने नाम, धन, पद, प्रतिष्ठा की दौड़ में बहुत तेज़ रफ़्तार पकड़ी पर क्या हमें तृप्ति मिल गई? जवाब है, नहीं। क्योंकि एक बिज़नेस लीडर होने के नाते हमारे भीतर कहीं ना कहीं एक असंतोष की तीव्र ज्वाला हमेशा जलती रहती है। यह ज्योति है हमारे कुछ और होने की। हमारी अतृप्ति की, हमारे जीवन के अर्थ की, हमारे सार्थकता के खोज की। जहाँ हम अभी नहीं पहुँच पाए हैं। हम जानते हैं कि हम बहुत कुछ कर सकते हैं, आज जो हैं उससे भी ऊपर उठ सकते हैं। पर सच तो यह है कि हम अभी उस शिखर पर पहुँचने से बहुत दूर हैं।

बाज़ार में यहाँ हर कोई सफलता की तलाश में निकला है। पर जीवन में सफलता की खोज तब तक नहीं की जा सकती है, जब तक आप अपने जीवन से असंतुष्ट ना हो। जीवन जैसे बीत रहा है उससे असंतुष्टि चाहिए। इस बाज़ार में आज हम जहाँ है उससे कहीं आगे पहुँचने की हमारी संभावनाएँ हैं। पर जो बात ध्यान रखने योग्य है, वो यह है कि हम जीवन में बाहरी चीज़ों से असंतुष्ट होते हैं, जो निरर्थक है। एक व्यक्ति के पास अच्छा पद है वह असंतुष्ट होकर दूसरे पद की कामना करता है। जिसके पास जितना धन है वह उतना होने से भी असंतुष्ट है और वह ज़्यादा धन की दौड़ में भागता है। दरअसल, यह बाहरी चीज़ों की असंतुष्टि है, जिसकी तृप्ति नहीं की जा सकती। हम सारे लोग ही असंतुष्ट हैं। लेकिन उन चीजों से असंतुष्ट हैं जिन चीजों का असंतोष हमें और संसार के गहरे अंधकार में धकेल देता है।

अनुभव नौकरी करते हुए अब तक यह जान चुका था कि उसका नाम, पद, प्रतिष्ठा, पहचान सब झूठी हैं। वह जिस सफलता, जिस तृप्ति, जिस शांति और आनंद की आकांक्षा करता था वह उसको मौजूदा नौकरी में नहीं मिल सकती थी। सच पूछिए तो उसके जीवन में सैलरी वह प्रलोभन थी, जिससे जीवन में वह सिर्फ़ ज़ंजीरें खरीद पाया था। नए-नए लुभावने

बंधन, जो इंसान को भीतर तक जकड़ते जाते हैं। इन बंधनों का जीवन पर भार इतना अधिक होता है कि आपके अपने विचार दब जाते हैं। विचारों को दबा देना ही जड़ता है, इसे आसान भाषा में गुलामी कह सकते हैं। वास्तव में अपने विचारों को दबा कर किसी और के विचारों को ढोना ही गुलामी है। अनुभव की नौकरी में फ़िलहाल वह सब कुछ था, जो उसे जड़ता के अंधकार में धकेलता जा रहा था। वह गुलामी की बेड़ियों में जकड़ता जा रहा था। मोटी तनख़्वाह, पद का प्रलोभन, आकर्षण, वह सब कुछ जो एक बंधन के अलावा कुछ और नहीं प्रतीत होते थे। क्योंकि उसके विचार, उसका मक़सद कहीं अटक से गए हों, जैसे उसकी ज़िंदगी में ठहराव आ गया हो। ऐसा ठहराव जहाँ उसका मन तो कहता कि यहाँ अब कुछ सीखने-करने को नया नहीं बचा। उसे ऐसा महसूस होता जैसे उसे पहुँचना तो कहीं और है, पर जो रास्ता उसने चुना है वह उस सोने के पिंजरे की तरह है जिसमें सुविधाएँ तो भरपूर हैं, परंतु अपनी मंज़िल की उड़ान भरने के लिए उसके पैरों में बेड़ियाँ हैं।

वह इतने सालों में सेल्स के विभिन्न आयामों और रास्तों को समझकर इस क्षेत्र में निपुण और योग्य हो गया था। उसकी योग्यता कहती थी कि दुनिया में कुछ भी बेचा जा सकता है, पर एक चीज़ थी, जो वह नहीं बेच पाया और वो थी उसकी प्यास, कुछ और बेहतर होने की आस। भटके हुए युवाओं को रोज़गार देने की प्यास। वही प्यास जो उसे कुछ और होने को कहती थी। एक ऐसी प्यास सबके जीवन में होना आवश्यक है। जो जीवन को अर्थ दे सके। जिससे अपने जीवन की सार्थकता को समझा जा सके।

जो व्यक्ति बाहरी रूप से असंतुष्ट होता है, वो अहंकार पैदा करता है। पर जो भीतरी रूप से असंतुष्ट होता है वो अपने होने की सार्थकता को जान पाता है। यह बात समझना सरल है। हम मनुष्य अक्सर जीवन की चीज़ों से असंतुष्ट रहते हैं। आज जिसके पास मोटर साइकिल है, वह दो पहिया वाहन होने से असंतुष्ट है। वह कार के लिए महत्त्वाकांक्षी होता है। वह सोचता है उसके पास कार का होना तृप्ति दे सकता है। जिसके पास टू बीएचके घर है, वह उससे असंतुष्ट है, उसकी कामना बंगले की है। मनुष्य अक्सर उन बाहरी चीज़ों से असंतुष्ट है, जिसकी तृप्ति नहीं की जा सकती। जीवन की चीज़ों से असंतुष्टि सिर्फ़ आपके अहंकार को जन्म देगी।

आप अपने जीवन से जितना अधिक असंतुष्ट रहेंगे, आपको उतनी ही जल्दी सच्चाई की अनुभूति होगी। वहीं बाहर जन्मी असंतुष्टि सिर्फ़ आपके अहंकार को बढ़ाएगी। फिर यह अहंकार अपने बंधनों को सबसे बेहतर बताता है। वह भावनाओं से ग्रस्त है, उसे ज़ंजीरों से लगाव है। अनुभव स्थिति की सच्चाई से वाकिफ़ था। वह जानता था कि इन बेड़ियों को तोड़ा जा सकता है। वह चाहता तो एक पल में उन बेड़ियों को तोड़कर मुक्त हो सकता था। पर असंतुष्टि का अर्थ भागना नहीं है। और सच पूछिए तो हम वास्तविकता से भाग भी नहीं सकते हैं।

जीवन में हर मनुष्य भाग रहा है। चाहे पद प्रतिष्ठा की दौड़ हो या धन संपत्ति हासिल करने की रेस, वह बस आँख मूँदें दौड़ रहा है। जो लोग निकलते हैं, बाहरी तृप्ति और शांति के लिए उनका जीवन असीमित दौड़ के अलावा और कुछ नहीं। पर इस दौड़ के हम इस तरह आदि हो चुके हैं कि चाहे यह पता ही ना हो कि हमें पहुँचना कहाँ है, फिर भी हम भाग रहे हैं। इस दौड़ में अक्सर ऐसा होता है कि हम भागते-भागते इतना उलझ जाते हैं कि जब हमारा वास्तविकता से सामना होता है, तब तक हम अपने उद्देश्य और दिशा से बहुत दूर निकल चुके होते हैं। हम भटक चुके होते हैं। फिर इस भटकाव में हम अपना रास्ता बदलने की कोशिश करते हैं।

अनुभव भी अपने जीवन में भटकाव महसूस कर रहा था। और यह भटकाव इसलिए महसूस कर रहा था क्योंकि उसके जीवन की गाड़ी का स्टीयरिंग उसके हाथ में नहीं बल्कि औरों के हाथ में था। अगर हम उसके इस सफ़र को देखें, तो उसके निर्णय, उसकी प्रतिक्रिया बाहरी परिस्थितियों की वजह से घट रही थीं। पिता के कहने पर सिविल सेवा परीक्षा की तैयारी करना, कॉर्पोरेट जगत की चमक देखकर बड़े शहरों की तरफ़ रुख़ करना, दोस्तों के कहने पर गृह नगर लौटना और उनके साथ व्यवसाय करना। असफलता मिलने पर वापस जीविका के लिए बेंगलुरू पहुँचना, और फिर दूसरों के लक्ष्यों और उद्देश्यों के लिए ख़ुद को समर्पित करना। और इस मुक़ाम पर पहुँचकर, जहाँ बाहर से तो जीवन बहुत आकर्षक दिखता है, पर हक़ीक़त में वहाँ निराशा के खंडहर के सिवा कुछ नज़र नहीं आता। दरअसल, अनुभव जीवन भर भागता रहा, बाहर कहीं सफलता की तलाश में, सफलता की तृप्ति के लिए, बाहर झाँकता रहा। इस पड़ाव में उसने ख़ुद

की ख़ुशामद करने के लिए हर संभव प्रयास किया, अन्य लोगों को ख़ुश करने के लिए मरता रहा। ख़ुद को बाहर की दुनिया के हिसाब से बदलने का हर एक प्रयास किया, पर अफ़सोस, इस बाहरी दौड़ में उसे अँधेरे के सिवा कुछ हासिल नहीं हुआ। वह इस सफ़र में अब तक समझ चुका था कि यह दौड़ निरर्थक है। वह जान चुका था कि इस जीवन में एक खोज करनी है, जिससे इस संसार में होने का अर्थ जान सके। वह जान चुका था कि उसके जीवन की तृप्ति तभी मुमकिन है जब वो वहाँ स्थापित हो सके, जहाँ से उसे भागना नहीं पड़े।

भीतरी असंतुष्टि का अर्थ भागना नहीं है। बल्कि अपने जीवन का अर्थ तलाशना है जिससे आनंद की तृप्ति हो सके। याद रखिए मनुष्य की क्षमताएँ भीतरी हैं, योग्यताएँ भीतरी हैं, उसकी प्यास भीतरी है पर कितने आश्चर्य की बात है कि हम तृप्ति के लिए बाहर भटकते हैं। हमारी यह बाहरी खोज हमें तृप्त नहीं कर सकती इसलिए कहता हूँ जीवन के एक मोड़ पर यह जानना बेहद आवश्यक हो जाता है कि आख़िर हमारे जीवन में हमारे अस्तित्व का अर्थ क्या है? प्रायोजन क्या है? जब हम अपनी सार्थकता जान पाएँगे तभी हम अपने जीवन में सफलता की खोज कर पाने में सक्षम हो पाएँगे।

''हमारी सार्थकता की खोज हमें वास्तविकता और विपरीत परिस्थितियों में ख़ुद की स्थिति बदलने के लिए प्रेरित करती है। जैसे-जैसे आप एक भीतरी खोज पर उतरते हैं वैसे-वैसे आप अपनी योग्यता और क्षमताओं के प्रति सतर्क होते हैं।''

किसी मल्टिनेशनल कंपनी में एक बड़े पद की नौकरी निकली, इंटरव्यू चार चरणों में होना तय था, जिसमें आवेदक की शैक्षिक और व्यावसायिक योग्यता के साथ साथ स्किल्स, क्रिटिकल थिंकिंग, समस्या निवारण आदि योग्यता को परख़ा जाना था। हज़ारों लोगों ने आवेदन भरे, जिन्हें इन चार चरणों में परख़ा गया। अंत में एक बड़ी विचित्र परिस्थिति हुई। चार चरणों के इंटरव्यू के बाद दो आवेदकों के इंटरव्यू में प्राप्त नंबर बराबर थे। अब यह तय कर पाना बड़ी मुश्किल था कि किसको लिया जाए और किसको छोड़ा जाए। बात उस कंपनी के मालिक तक पहुँची, जिन्होंने दोनों को एक बार ख़ुद परख़ना चाहा। तय समय पर दोनों आवेदक एक बार फिर बारी-बारी से आख़िरी इंटरव्यू के लिए आए। उस कंपनी के मालिक ने सिर्फ़ 5 मिनट में

उन दोनों में से एक आवेदक को चुन लिया। पूरा एच.आर. डिपार्टमेंट हैरान था, जिस चुनाव के लिए उनके विभाग को 3–4 दिन का समय लग रहा था, निर्णय लेना कठिन लग रहा था कि कौन बेहतर है। वहीं उस कंपनी के डायरेक्टर ने सिर्फ़ पाँच मिनट में तय कर लिया। वे सभी डायरेक्टर के पास पहुँचे और अपनी जिज्ञासा प्रकट करते हुए पूछा कि यह फ़ैसला लेना उनके लिए इतना आसान कैसे था?

डायरेक्टर ने कहा कि यह उनके लिए बिलकुल भी मुश्किल नहीं था। मैंने दोनों से सिर्फ़ एक प्रश्न किया और वह प्रश्न यह था कि उनका पिछली कंपनियों में अनुभव कैसा रहा? एक ने बताया कि वह बहुत एक्टिव है, प्रॉब्लेम सॉल्विंग नेचर है, डिसिप्लिन्ड है, हर टारगेट को समय से पहले अचीव कर लेता है, लेकिन उसका यह भी मानना था कि पिछली कंपनी में काम करने का माहौल नहीं था। वहाँ के लोगों से उसे काफ़ी शिकायतें थीं, उसको लगता था कि उसके काम करने के तरीक़े से सहकर्मियों को समस्या आती थी, वह अपने काम को काफ़ी चुनौतीपूर्ण समझता था जिसकी वजह से उसको लगता था कि उसका विकास इस स्थान पर संभव नहीं है। इसलिए वह किसी ऐसी कंपनी की तलाश में था जिसे उसे ऐसा माहौल मिले जिससे वह और कंपनी दोनों बेहतर हो सकें।

डायरेक्टर ने आगे कहा कि मैंने उसे मना कर दिया। सभी बड़े हैरान हुए। फिर डायरेक्टर ने कहा कि यही प्रश्न मैंने दूसरे व्यक्ति से पूछा कि तुम्हारा पिछली कंपनी में कैसा अनुभव था? तो उसका जवाब था, ''बहुत अच्छा था, सभी लोग अच्छे थे, हमेशा सीखने-सिखाने के लिए तत्पर रहते थे।'' मैंने फिर दूसरे को चुन लिया। डायरेक्टर ने आगे कहा कि पहला व्यक्ति ज़रूर योग्यता में श्रेष्ठ था, परंतु उसका व्यक्तित्व विपरीत परिस्थितियों से भागने वाला है। वह ख़ुद को बदलने में असमर्थ है। उसमें स्थितियों से सामना करने की हिम्मत नहीं है। वहीं दूसरा आवेदक ज़्यादा संवेदनशील है, वह परिस्थितियों का अनुमान बेहतर कर सकता है, उसे चुनौतियाँ पसंद हैं और वह स्थिति को अपने अनुरूप परिवर्तन कर सकता है। इसलिए मैंने उसे चुन लिया। उसे शिकायत नहीं है, क्योंकि उसे ख़ुद को स्थिति के अनुरूप ढालने का अभ्यास है। इसलिए, यह बात लिख कर रखें कि स्थिति से पलायन नहीं करना चाहिए, बल्कि स्थिति में

ख़ुद को परिवर्तित करना होगा, तभी आप एक बेहतर स्थिति में पहुँच सकते हैं।

व्यावसायिक सफ़र में सफलता प्राप्त करने के लिए यह बेहद ज़रूरी है कि एक खोज आंतरिक रूप से की जाए, जिससे जीवन का उद्देश्य और अर्थ स्पष्ट हो सके। यह खोज अपनी सार्थकता, अपने सामर्थ्य और योग्यता की करनी है जो आपको इस कठिन सफ़र में वास्तविकता से सामना करने के लिए प्रबल बनाएगी।

अनुभव अब तक इस सफ़र में समझ चुका था कि उसके जीवन की गाड़ी ग़लत मोड़ पर खड़ी है। काम में अप्रत्याशित रूप से दबाव, बॉस की बेरुख़ी और ख़ुद के विकास के प्रति अविश्वास उसके जीवन में सिर्फ़ तनाव पैदा कर रहे थे। वह यह बात भलीभाँति जान चुका था कि सफलता और उद्देश्य की तृप्ति के लिए उसे ख़ुद के मार्ग तलाशने होंगे। उसके जीवन में यह ऐसा पड़ाव था जहाँ वह ख़ुद से पूछते रहता था, "अब आगे क्या?" पर वह वास्तविकता से अनभिज्ञ था कि वह अभी नौकरी नहीं छोड़ सकता है। उसके हालत यह गवाही नहीं देते थे कि वह एक बार फिर नए काम के लिए फिर से भागे। देखा जाए तो वह कई बार अपनी नौकरी बदल चुका था, कई अवसरों में हाथ आजमा चुका था। फिर भी उसे उस राह की खोज करनी थी जिससे वह अपने उद्देश्य की तृप्ति कर पाए, जिससे वह छोटे कस्बों, गाँवों से आने वाले युवाओं को रोज़गार दे सके।

अनुभव अपने इस व्यावसायिक सफ़र में समझ चुका था कि उसकी ताक़त सेल्स क्षेत्र में उत्कृष्ट है। उसने इतने सालों से सेल्स के क्षेत्र में नए आयामों की खोज की थी और ख़ुद को अपनी क्षमता से अपनी योग्यता को और भी बेहतर बनाया था। अनुभव का मानना था कि सेल्स के प्रति उसकी रुचि इसलिए भी ज़्यादा है, क्योंकि यही वह जगह है जहाँ 'बेहतर कहानी' की जीत होती है। कहानी चाहे प्रोडक्ट की हो, ग्राहकों की ज़रूरत की हो, एक कहानी से आप लोगों के अनुभव को ख़ास महसूस करा सकते हैं। अगर आप बाज़ार में कुछ बेचना चाहते हैं तो आपके पास एक भव्य कहानी सामने वाले को देने के लिए होनी चाहिए। आप उन्हें अपनी कहानी से एक हिस्सा दिखाते हैं कि कैसे आपका यह पल इस प्रॉडक्ट से ख़ास बन जाएगा। पर उसके पास बेचने के लिए उसका ख़ुद का कुछ नहीं था। फिर

भी उसमें यह जज़्बा था कि वह अपनी स्थिति को ठीक कर सके। अगर आपको सफल बनना है तो यह बात गाँठ बाँध लेनी चाहिए कि वर्तमान की स्थिति से भाग नहीं सकते, यह पलायन की प्रवृत्ति छोड़नी होगी। अनुभव जानता था कि अभी वह नौकरी नहीं छोड़ सकता। इसलिए उसने यह तय किया कि वह नौकरी के साथ ही कुछ अपना शुरू करेगा। उसने अपने अनुभव से पाया था कि आने वाले दिनों में इन्फ़्लुएंसर मार्केटिंग की माँग बढ़ेगी। इसलिए उसने एक इन्फ़्लुएंसर मार्केटिंग कंपनी की नींव रखी।

मनुष्य के जीवन में अक्सर समस्याएँ भीतर ही होती हैं। पहले इससे विजय पाना आवश्यक बन जाता है। इसे चाहें हम अपना डर कह लें, आत्मविश्वास, विवेक या साहस की कमी कह लें, पर यह पूर्ण रूप से भीतरी है। पर हम समाधान बाहर ढूँढ़ते रहते हैं। इन समस्याओं को आप तभी जान सकते हैं जब आपके अंदर यह प्रश्न निरंतर उठता हो कि अब आगे क्या? जब यह प्रश्न आपसे बार-बार टकराने लगे तो समझ जाइएगा कि कुछ और बेहतर करने का समय आ गया है। यही प्रश्न आपको उस दिशा में ले जाएगा जिसे 'खोज' कहते हैं। वही खोज जिससे सच्चाई की अनुभूति होती है, वही खोज जिससे मनुष्य में विवेक बढ़ता है। यह वही खोज है जो आपको अपनी कंपनी के प्रति संवेदनशील बनाती है, यह वही खोज है जिसके द्वारा आप अपनी प्यास तृप्त कर सकते हैं।

आपकी कंपनी तभी लंबे समय तक टिकी रह सकती है, उसका जीवन तभी लंबा हो सकता है, जब वह कंपनी आपके विवेक से चलती हो। आपके भीतर जो अच्छे और बुरे को पहचानने की मन की शक्ति, समझ और विचार हैं, वही विवेक है। किसी भी कंपनी की समस्याओं से निपटने की क्षमता उसके विवेक पर ही निर्भर करती है। बिना विवेक के किसी भी कंपनी का हाल ठीक उस नाव की तरह है, जिसे आप लेकर इस बाज़ार की गहराई में तो उतर गए हैं, परंतु आपके पास वह पतवार नहीं है जो इस कंपनी की दिशा सुनिश्चित करे। आपका विवेक वह पतवार है जो आपकी इस कंपनी रूपी नाव को इस बाज़ार के किसी भी लहरों, तूफ़ानों को चीरते हुए, आपको समस्याओं से पार ले जा सकती है। इसलिए अगर आप एक कंपनी के रचनाकार हैं तो आपकी खोज विवेकपूर्ण होने के लिए करनी है।

खोज ही एकमात्र तरीक़ा है जो आपको विवेकपूर्ण बना सकता है। आप जब किसी भी काम के प्रति यह रवैया रखते हैं कि अब आगे क्या तो उस काम के प्रति आपका विवेक बढ़ता है। विवेकपूर्ण होना मतलब सच्चाई से रूबरू रहना, सच्चाई की अनुभूति होना। आपको पता होना चाहिए कि आपकी कंपनी की बेहतरी के लिए क्या कर्म सही है और क्या ग़लत, जागरूक होना कि कंपनी के प्रगति के लिए कौन से फ़ैसले उचित हैं और कौन से फ़ैसले अनुचित। सच्चाई से ही विवेक आता है और विवेकपूर्ण फ़ैसले, विवेकपूर्ण कर्म ही किसी कंपनी को सफल बनाती है।

खोज इसलिए भी ज़रूरी है, क्योंकि यही तरीक़ा जिससे आप अपनी कंपनी के प्रति संवेदनशील हो जाते हैं। आपकी अपनी कंपनी के प्रति संवेदना आपकी गहन मौन अभिव्यक्ति है। जब आप संवेदनशील होते हैं तो आप अपनी कंपनी के हर पहलू से वाकिफ़ रहते हैं। कंपनी के हालत अच्छे हो या बुरे अगर आप संवेदनशील हैं तो आप भलीभाँति समझ सकते हैं कि इस स्थिति में आपकी किस तरह की सक्रियता, गतिविधियाँ आपको इस स्थिति से बाहर निकल सकती हैं। सत्य के खोजी को तथ्यों को स्वीकार करना आना चाहिए। व्यापार में दिन ऊपर-नीचे होते हैं, परंतु यह आपकी संवेदना ही है जो आपको अपनी कंपनी के प्रति प्रेम से भरती है। आपको बाज़ार में टिके रहने के लिए प्रेरित करती है, समर्पित करती है।

प्रश्न अब यह उठता है कि आख़िर खोज किसकी करनी है? तो इसका सरल सा जवाब है कि खोज हमें उस प्यास की करनी है जिसके लिए यह कंपनी अस्तित्व में आई है। यह प्यास ही कंपनी और बाज़ार की संभावनाओं की खोज कर सकती है। परंतु यह याद रखिएगा यह प्यास लोभ और सुविधा की नहीं होनी चाहिए। अगर आपकी प्यास का कारण सुविधा और लालच है, गाड़ी, पैसा और बंगला है तो यह प्यास कभी तृप्त नहीं हो सकती। असल प्यास वह है जिसकी तृप्ति के लिए आपने अपने पीछे एक दुनिया छोड़, यह कंपनी शुरू की है, यह वही प्यास है जिसे पाने के लिए आपने दिन-रात एक कर दिया है। यह वही प्यास है, जो आपके अंदर है। यह वही प्यास है, जिसकी तृप्ति के लिए आप दूसरे रास्ते पर चलते-चलते अकारण ही उस प्यास की तरफ़ मुड़ जाते हैं। यक़ीन मानिए, एक प्यास हर इंसान के अंदर होती है। मनुष्य को वही प्यास ढूँढ़नी खोजनी होती है।

और जिस दिन आप वह प्यास खोजने में सफल हो जाते हैं, यक़ीन मानिए आपको रास्ता उसी क्षण मिल जाता है।

पर एक बात यह भी गौर करने वाली है कि आपकी प्यास के साथ आस यानी होप का होना अनिवार्य है। हमें आशा से भरपूर होना चाहिए। जहाँ निराशा है वहाँ परिणाम निराशा ही होगा। निराशा से उठाया पहले क़दम का अंत निराशा ही है। जब मनुष्य आशा से लबरेज़ रहता है तभी वह आम से दिखने वाला मनुष्य बड़े से पहाड़ को तोड़ कर दशरथ मांझी बन जाता है। एक प्यास कि पहाड़ों के बीच रास्ता हो, यही दशरथ मांझी है। यह आस कि मैं इस विशाल से दिखने वाले पहाड़ का भी सीना चीर सकता हूँ यही दशरथ मांझी है। और यह संकल्प कि ''जब तक तोड़ूँगा नहीं, तब तक छोड़ूँगा नहीं'' यही असल में दशरथ मांझी का संकल्प है।

संकल्प का अर्थ है ''जब तक मैं यह कार्य पूर्ण ना कर दूँ, तब तक हटूँगा नहीं।'' जब आप इस सोच के साथ काम करते हो तो आप उस काम के प्रति साधक हो जाते हो। क्या दशरथ मांझी का यह संकल्प उसके लिए कम चुनौती पूर्ण रहा होगा? क्या फिसलते औज़ारों की चोट से उसको चोट नहीं पहुँचती होगी? क्या भट्टी की तरह तपते पत्थर उसके पैरों को नहीं जलाते होंगे, क्या मौसम की मार उसे अपनी हालत पर बेबस नहीं कर देती होगी? या फिर सीना तान मजबूत खड़ा वह पहाड़ उसके फिसलते पाँव देख कर हँसता नहीं होगा? चुनौतियाँ ज़रूर थीं, पर इसके साथ आस भी थी। जो यह उससे कहती होगी बस कुछ ही दूर रह गई है मंज़िल, बस रुकना नहीं है। इसलिए कहता हूँ, हमें वह प्यास आस के साथ खोजनी होगी, जो हमारे जीवन भर साथ रहती है। फिर आप देखेंगे इस प्यास की तृप्ति के लिए की गई साधना ही साधक के लिए प्रार्थना बन जाती है। फिर आपको सफल होने से कोई नहीं रोक सकता। हर पहाड़, हर समस्या का सीना आप चीरने में सक्षम होंगे।

एक सफल बिज़नेस लीडर साधक बन कर जीवन जीता है। वह अपनी प्यास को साधता है। उसके जीवन के कुछ महान उद्देश्य होते हैं जिन्हें वो अपने कर्मों से साधता है। उसका अपने विचार, अपने उद्देश्य के प्रति यह साधना ही उसके सफलता के नए-नए द्वार दिखाती है। कर्मों की साधना ही किसी मनुष्य को कर्मयोगी बनाती है। अगर आपको सफल होना है तो

आपको भी अपनी मंज़िल की खोज कर्मयोगी बनकर करनी होगी। याद रखिए, कर्मयोगी बनकर खोज करना है, वर्कोहॉलिक बनकर नहीं, जो काम बेहोशी के उच्चतम स्तर पर किया जा रहा हो, वहाँ सिर्फ़ निराशा ही हाथ लगेगी। काम करना है पर सिर्फ़ इसलिए नहीं करना है कि बाज़ार में इसकी संभावना है, बल्कि काम इसलिए करना है कि ख़ुद की संभावना को खोज सकें, तलाश सकें। तब आप समझ सकेंगे आप कहाँ-कहाँ उपलब्ध हो सकते हैं, तब आप जिस भी रास्ते पर चलेंगे, उसकी मंज़िल की स्पष्ट तसवीर बोध होगी। आप फिर आनंदित होकर, रस लेकर उस काम को करेंगे, और आप बढ़ते चलेंगे।

खोज उसकी करनी चाहिए, जो अभी आप नहीं है। जो चीज़ आपके पास है, भला उसको कौन खोजता है? खोजा ही उसको जा सकता है जो आप नहीं हैं। जो आपने खोज लिया है वह आपका अनुभव है, स्मृतियाँ हैं, माइलस्टोंस हैं। जो आप कल थे, वह आप आज नहीं हैं। आपको कल तक बाज़ार का बी पता था, आज ज़ेड पता है। कल आप इससे भी बेहतर जानना चाहेंगे और यह खोज सिर्फ़ आप कर सकते हैं। आपके करने से ही यह कर्म होगा। आप से बेहतर कोई नहीं जानता कि आपका काम कैसे हो सकता है। इसलिए मैं कहता रहता हूँ कि काम करोगे तो ही होगा, तुम्हारे काम को तुम्हारी जगह कोई और नहीं कर सकता। काम इसलिए भी करना है क्योंकि यही रास्ता है जिससे आप ख़ुद को खोज सकते हो। अपनी जिज्ञासा को शांत कर सकते हो। अपनी प्यास को तृप्त कर सकते हो। इसलिए मैं यह बात दावे के साथ कहता हूँ, अगर आप में ख़ुद और कंपनी की प्यास को खोजने की जिज्ञासा नहीं उपजती, आप से यह प्रश्न नहीं टकराते कि अब आगे क्या? तो निश्चित रूप से आपकी कंपनी का अंत होना तय है।

6

आध्यात्म से लेकर लीडरशिप तक

"कबीरा खड़ा बाज़ार में, लिए लुकाठी हाथ,
जो घर फूँके आपनौ, चले हमारे साथ।"

बाज़ार ऐसा स्थान है, जहाँ कोई किसी का नहीं होता। यह ऐसी जगह है, जहाँ सिर्फ़ स्वार्थ का बोलबाला है। अगर आपको संसार के वास्तविक नग्न रूप का दर्शन करना है तो आप बाज़ार में एक कंपनी या दुकान खोल कर बैठ जाइए। आप पाएँगे यहाँ लोग आपके मूल्यों की भी बोली लगाने के लिए तैयार हैं। इतना ही नहीं आपका होश ज़रा सा भी चूका, रत्ती भर भी ध्यान भटका, आप ख़ुद को धरातल पर पाएँगे। फिर भी अनुभव इस बाज़ार की दुर्गम किंतु एक रोमांचक यात्रा करने के लिए तैयार है।

अनुभव नौकरी करने के साथ ही अपनी कंपनी की नींव डाल चुका है। एक इन्फ़्लुएंसेर मार्केटिंग कंपनी की नींव, पर अभी चुनौतियाँ आगे बड़ी थीं। जैसा की हम जानते हैं कि एक कंपनी के निर्माण के लिए पूँजी की आवश्यकता होती है। जो अनुभव के पास बहुत सीमित मात्रा में मौजूद थे। ऐसे में उसे किसी ऐसे अवसर की तलाश थी, जिससे वह एक कंपनी के संघात्मक ढाँचे के निर्माण में आने वाली ज़रूरतों को पूरा करने के लिए, पूँजी उपलब्ध करा सके। हालिया नौकरी से प्राप्त तनख़्वाह इस नई कंपनी की बुनियादी ज़रूरतों को पूरा करने के लिए पर्याप्त नहीं थी। अभी उसकी कंपनी मात्र एक वेबसाइट के रूप में थी। और कार्यबल के रूप में, स्टाफ़ के

रूप में जो उसके साथ इस सफ़र में खड़ा था वह थी उसकी इच्छाशक्ति , वह थी उसकी आतंरिक अतृप्ति की ज्योति, जो उसे कहीं और कुछ और होने के लिए प्रेरित करती थी।

इस बाज़ार को आप नदी और आपके द्वारा निर्माण की गई कंपनी को नाव समझिए। यहाँ नाव मिलना मुश्किल नहीं है। एक ही जैसी ढेरों नाव इस नदी के प्रवाह में उपलब्ध हैं। एक कंपनी के रूप में तो कोई भी आ सकता है। एक नाम के साथ रजिस्टर हो जाइए और लीजिए, शुरू हो गया आपका स्टार्ट अप। इस बाज़ार में संभावनाओं की कमी नहीं हैं। आप ज़रूरतों को समझ कर दूसरों का ढाँचा अपनाकर एक नाव रूपी कंपनी के साथ बाज़ार की गहराइयों में उतर सकते हैं, पर जो बाज़ार की अनियमितता, लहरों का भँवरजाल है, कोई उसको पार करा सके उसके लिए एक मांझी, एक केवट चाहिए।

''कबीरा खड़ा बाजार में, लिए लुकाठी हाथ।'' कबीर की इस पंक्ति को अगर मैं अपने आशय से जोड़ूँ तो मैं कहूँगा, अनुभव भी बाज़ार में आकर खड़ा हो गया है, तैयारी पूरी है, अब जैसा होगा देख लिया जाएगा। अब वह पार उतरे या डूब जाए, इसकी कोई परवाह नहीं। वह यह समझ चुका था कि उसे इस कंपनी रूपी नाव का ख़ुद ही केवट, ख़ुद ही मांझी बनना पड़ेगा। ऐसा मांझी बनना पड़ेगा जो किनारों तक पार पहुँचा सके। ''लिए लुकाठी हाथ '' एक अतृप्ति की मशाल हाथ लिए। जो एक इच्छाशक्ति की ज्वाला लिए, सफलता के मार्ग पर चलने के लिए प्रकाशवान है।

''जो घर फूँके आपनौ, चले हमारे साथ।'' अनुभव ऐसे स्थान पर खड़ा है, जहाँ उसकी साख में अब एक लकुटिया यानी एक कंपनी है। वह पिछली नौकरियों से मिली गुलामी, अहंकार, प्रलोभन, बेहोशी से ऊपर उठना चाहता है। अनुभव को इस बात का भी आश्वासन था कि उसे अब किसी को जवाब नहीं देना पड़ेगा। इस कंपनी के माध्यम से वह उन अवसरों को तलाश करना चाहता था, जहाँ वो ख़ुद को स्थापित कर सके। पर यह एक ऐसी कंपनी थी, जिसकी अभी कोई शाखा-प्रशाखा नहीं है, हरियाली नहीं है, अभी वह धीरे-धीरे पुलकित हो रही है। पर उसे एक फलदार वृक्ष में तब्दील होना है।

शुरुआती दिनों में अनुभव के मन में कई तरह के प्रश्न उठते रहते थे। जैसे आख़िर इस बाज़ार रूपी भव सागर को अकेले पार कैसे किया जाए? किस दिशा में बढ़ा जाए? क्योंकि कोई भी कंपनी अकेले नहीं दौड़ सकती। फिर इस कंपनी को दिशा दिखाने के लिए कोई मार्गदर्शक भी नहीं है। कौन देगा साथ? कौन बनेगा सहारा? इसके लिए मानव बल की आवश्यकता होती है। अनुभव के सामने यह चुनौती थी कि वो कुछ ऐसे लोगों को चुने जो उसके मक़सद में साझा विचार रखते हों। जो घर फूँके आपनौ, चले हमारे साथ। घर फूंकने का अर्थ है सर्वस्व त्याग। वह ऐसे लोगों की तलाश में था जो अपना अहंकार, अपना प्रलोभन, अपनी कामनाएँ त्याग कर इस सफ़र में उसके साथ जुड़ सकें। वह एक ऐसी कंपनी का निर्माण करना चाहता था, जिसके माध्यम से वह अपने जीवन का महान उद्देश्य और अर्थ प्राप्त कर सके, विभिन्न संस्कृति से आए लोगों को अपने उद्देश्य की पूर्ति के लिए प्रेरित और संगठित कर, एक दिशा में बढ़ने के लिए नेतृत्व कर सके।

नेतृत्व यानी लीडरशिप आख़िर है क्या? असल मायने में तो इस सवाल का जवाब बहुत ही सरल है, पर अक्सर इसे ग़लत समझा जाता है जिस वजह से इसके भयानक परिणाम भुगतने पड़ते हैं। नेतृत्व करने वाला लीडर, चाहे वह सी.ई.ओ. हो या मैनेजर या कोई टीम लीडर, वह लोगों के भाग्य की ज़िम्मेदारी लेता है। वह अपने उद्देश्य और लक्ष्य की पूर्ति के लिए अन्य लोगों को प्रेरित करता है। इसलिए इनको अपने व्यवहार, फ़ैसलों, रणनीतियों आदि के लिए काफ़ी आलोचना भी सहनी पड़ती है। अगर आप इतिहास उठा कर देखेंगे, तो पाएँगे ऐसे बहुत से लीडर थे जो शक्तिशाली थे, धनवान थे पर उन्हें समय ने अत्याचारी, लालची, तानाशाही और ना जाने कितने नकारात्मक विशेषण से बखान किया है। इसलिए कहता हूँ, अगर एक लीडर उत्कृष्ट सिद्धांत और उद्देश्य के साथ नहीं आता है तो इसका परिणाम भयानक होता है।

एक सच्चा लीडर वह होता है जो उदाहरण बन कर सामने आता है। लोग उसके जैसा बनना चाहते हैं, वह अनुसरण करने योग्य होता है। परंतु आज की स्थिति विपरीत है। अधिकांश कार्यालयों में उच्च पद पर आसीन बॉस या कह लें लीडर सबसे ज़्यादा नापसंद किए जाने वाले व्यक्ति हैं। वे अक्सर इस ग़लत धारणा के साथ नेतृत्व कर रहे हैं कि ''यदि वे मुझे पसंद

नहीं करते हैं, तो इसका मतलब यह है कि मैं सही ढंग से काम कर रहा हूँ।'' या यह कह कर सांत्वना देते हैं कि ''काम होते रहना चाहिए इससे बिलकुल भी फ़र्क़ नहीं पड़ना चाहिए कि और लोगों की क्या व्यक्तिगत राय है।'' अगर आपकी छवि आपके कार्यालय में एक क्रोधी, खड़ूस, लालची या किसी ऐसे दमनकारी व्यक्ति के रूप में होती है जो अपने अहंकार के आगे दूसरों को तुच्छ समझता है तो निश्चित ही इसके नकारात्मक परिणाम होंगे। याद रखिए ऐसे व्यक्तियों की छवि एक तानाशाह के अतिरिक्त और कुछ नहीं है, जो अपनी महत्त्वाकांक्षाओं की पूर्ति के लिए दूसरों पर अपना अधिकार जमाना चाहता है।

किसी लीडर की भूमिका, एक कोच, एक शिक्षक की होती है। आप बताइए आप किस गुरु से शिक्षा अर्जित करना या कुछ सीखना चाहेंगे? एक जो ग़लती होने पर बर्बरता करता है या दूसरा वह जो ग़लती को सुधारता है। अक्सर लोग यहीं समझने में ग़लती कर जाते हैं और सोचते हैं कि नेतृत्व का रास्ता डर या प्रलोभन से होकर गुज़रता है। वे दूसरों पर अधिकार जमाना चाहते हैं। उनकी यही नासमझी उनको अत्याचारी बना देती है। फिर चाहे आर्थिक सुरक्षा का डर दिखा कर डराना धमकाना हो, या फिर धन, पद, प्रतिष्ठा का प्रलोभन देना। लोग सोचते हैं कि लोगों को डराकर, धमकाकर, प्रलोभन देकर उनको प्रभावित किया जा सकता है, उनको नियंत्रित किया जा सकता है। पहले तो हमें यह बात समझनी चाहिए कि नेतृत्व यानी लीडरशिप किसी शक्ति, अधिकार या प्रभुत्व के बारे में नहीं है। लीडरशिप वह कला है, जिसके माध्यम से आप दूसरे लोगों से वह काम काम करवाना चाहते हैं, जिससे आपके उद्देश्यों और लक्ष्यों की पूर्ति हो सके।

एक सफल कंपनी का निर्माण करना और विभिन्न संस्कृति से आए लोगों को एक लक्ष्य के लिए प्रेरित करना, फिर उसे लंबे काल तक अस्तित्व में टिके रहने के लिए सक्षम बनाना हर उद्यमी का सपना होता है। हर फ़ाउंडर चाहता है कि उसकी कंपनी अनंतकाल तक जीवित रहे। आज के इस युग में जहाँ औद्योगिक और इनफ़ार्मेशन टेक्नोलॉजी, अपने विस्तार रूप में बाज़ार में कई नई संभावनाओं को जन्म दे रही है, वहाँ लोगों के लिए एक आइडिया के साथ ख़ुद को इस उतार-चढ़ाव वाले बाज़ार में उपस्थित करना काफ़ी सरल हो गया है। यही कारण है कि आज हम स्टार्टअप की

भरमार देखते हैं। इस नवाचार क्रांति ने बाज़ार को खोल दिया है। जहाँ हर एक विचार, हर एक प्रॉडक्ट और आइडिया को सराहना मिल रही है। परंतु जब बात किसी कंपनी की नेतृत्व क्षमता की आती है, बात जब बाज़ार की वास्तविकता से सामना करने की आती है तो ऐसी कंपनियों की संख्या विकराल रूप से बढ़ती जा रही है, जो परिस्थितियों का उचित ढंग से सामना नहीं कर पाने की वजह से टूट कर बिखर गईं।

आज लोग भीड़ से उठ कर भीड़ के मालिक होना चाहते हैं। जिनका ख़ुद पर नियंत्रण नहीं है, वह दूसरों का नेतृत्व करना चाहते हैं। ऐसे लोग, ऐसी कंपनियाँ अक्सर बाज़ार की वास्तविकता और परिस्थितियों का सामना करने में असफल हो जाती हैं। आज आप सी.ई.ओ. हैं या ऐसे किसी पद पर हैं, जहाँ आप लोगों का नेतृत्व कर रहे हैं तो आप कोशिश करते हैं कि लोग आपकी योजनाओं के अनुसार चलें, आपके विजन के साथ जुड़ें, जिस काम को आप करवाना चाहते हैं उस काम को पूरा करें। परंतु यह कार्य बलपूर्वक या डरपूर्वक संभव नहीं है। अगर आप एक सफल लीडर बनना चाहते हैं तो यह बात याद रखने योग्य है कि बल द्वारा या डर द्वारा कोई कार्य प्रभावी ढंग से पूर्ण नहीं किया जा सकता। याद रखिए कि किसी को छोटा या हीन महसूस कराकर, उसे महान उद्देश्य के लिए प्रेरित नहीं किया जा सकता। इसलिए कहता हूँ कि एक सफल लीडर वो है, जो तर्कसंगत उदाहरण और प्रेरणा देकर सामने से नेतृत्व करता है। वह एक ऐसा व्यक्ति होता है जिसके सफलता के केंद्र में सत्यता, परोपकार, प्रेम, साहस, संयम, सहानुभूति और सहयोग जैसे आत्मिक गुण मौजूद रहते हैं। यह किसी भी लीडर के लिए अनिवार्य गुण हैं।। दरअसल, यही मनुष्य के आत्मिक गुण है। यह गुण मनुष्य में सदैव से मौजूद है। अगर आप अपने इन आत्मिक गुण को पहचान लेते हैं तो मैं निश्चित ही कह सकता हूँ कि आप आश्चर्यात्मिक हैं। इसलिए कहता हूँ, आप तभी एक सफल लीडर बन सकते हैं जब आप आश्चर्यात्मिक रूप से सक्षम व्यक्ति हों। भले ही आप आज जिस किसी भी पद पर आसीन हों, किसी के साथ अधिकार जमाकर, डरा-धमका कर, प्रलोभन देकर नेतृत्व करना, उन लोगों की गरिमा को कमज़ोर करना, जो एक लक्ष्य के लिए आपके साथ हैं, साथ ही उस पद की गरिमा को कलंकित करना, जिसकी आप सेवा करते हैं।

सवाल यह है कि आख़िर किसी व्यावसायिक नेतृत्व के लिए आध्यात्मिकता (spirituality) आख़िर प्रासंगिक कैसे है? पहले तो ये मैं साफ़ कहना चाहूँगा कि आज इस व्यावसायिक संस्कृति में आध्यात्मिकता (spirituality) को लेकर तमाम भ्रांतियाँ हैं। इसके उल्लेख मात्र से अधिकांश लोग तमाम धारणाएँ और छवियाँ रचना शुरू कर देते हैं। जितने लोगों से मिलो, उतनी ग़लतफ़हमियाँ। इन सब में से सबसे बड़ी ग़लतफ़हमी यह है कि इसे किसी धर्म को स्वीकार करने से संबंधित समझा जाता है। जबकि यह किसी बाहरी आयाम को समझने जानने के बारे में नहीं है। यह उस आयाम को समझने के बारे में है, जो भीतरी है। यह कोई बाहरी स्वीकृति नहीं है, ना ही यह कोई बाहरी धारणा को अपनाने के बारे में है। दरअसल यह उस शक्ति को जानने के बारे में है जो हर मनुष्य के भीतर होती है। यह भीतरी स्वीकृति है। यह वह भीतरी अनुभूति है जो आपको, ख़ुद आपसे जोड़े रखती है। और जो व्यक्ति ख़ुद की इस भीतरी शक्ति को समझने में सफल हो जाता है, वह व्यक्ति निश्चित रूप से बाहर भी सफल हो जाता है।

एक सफल लीडर आंतरिक रूप से जाग्रत व्यक्ति होता है। उसके जीवन का स्पष्ट उद्देश्य और अर्थ होता है। वह अपने बोध, अपने विवेक से परिस्थितियों का आकलन ठीक-ठीक कर सकता है, वह एक कुशल दृष्टा के साथ-साथ संयमी और धैर्यवान व्यक्ति होता है, जिस वजह से वह हमेशा उन अवसरों की तलाश कर लेता है, जिनसे स्थितियों को अपने अनूकूल किया जा सकता है। वह साहसी होता है और उसकी योग्यता और कुशलता बदलाव लाने में सक्षम रहती है। और सबसे बड़ी बात उसके सफलता के केंद्र में परोपकारी प्रेम, सहानुभूति और सहयोग की भावना विराजमान रहती है। जब आप एक लीडर के तौर पर, एक सी.ई.ओ., एक मैनेजर के तौर पर आश्चर्यात्मिक रूप से जाग्रत होते हैं, यानी आप आंतरिक रूप से सफल होते हैं, तो उपरोक्त लिखे मनुष्य के आत्मिक गुण अपने आप प्रकाशवान हो जाते हैं, फिर जब एक बार आप आंतरिक रूप से सफल हो जाते हैं तो बाहर आपको सफल होने से कोई नहीं रोक सकता। याद रखिए, आध्यात्म आंतरिक नियंत्रण के बारे में है। जब आप आंतरिक रूप से नियंत्रित होते हैं, तभी आप बाहरी परिस्थितियों से निपटने में सक्षम

हो जाते हैं। इसलिए कहता हूँ, किसी भी स्तर के नेतृत्व कौशल के लिए आंतरिक नियंत्रण अनिवार्य है। जब तक आप स्वयं को क़ाबू करना नहीं जानते, तब तक आप दूसरों को नियंत्रित नहीं कर सकते।

अपने अंदर मौजूद इस भीतरी आयाम को नियंत्रित करना ही अध्यात्म है। जो व्यक्ति आंतरिक रूप से नियंत्रित नहीं होता है, उसका जीवन दुर्भाग्य है। ऐसे व्यक्ति का जीवन उद्देश्यहीन होता है। क्योंकि जब तक आप ख़ुद को भीतरी रूप से समझने में असमर्थ हैं तब तक आप अपने जीवन का अर्थ और उद्देश्य ढूँढ़ पाने में असफल हैं। ऐसा इसलिए क्योंकि फिर आप अपनी भीतरी आकांक्षाओं को पढ़ पाने में असमर्थ होंगे। फिर आपका जीवन धन, पद और अन्य भौतिक सुख के दौड़ में हाँफने लगेगा। ये बाहरी चीज़ें जीवन पर इस क़दर हावी हो जाएँगी कि आपके जीवन की गाड़ी इन्हीं बाहरी परिस्थितियों के प्रतिक्रिया में घटित होगी। इसलिए जीवन में यह ज़रूरी है कि हम ख़ुद की आकांक्षा को पहचाने और उस महान उद्देश्य की खोज करें, जो आपके जीवन को अर्थ प्रदान करे।

जीवन में स्पष्ट उद्देश्य ना होना एक विपत्ति है। फिर बिना स्पष्ट उद्देश्य के कोई व्यक्ति हो या कंपनी दिशाहीन होती है। फिर आप कहीं पहुँच नहीं सकते। यह ठीक वैसे ही है, जैसे आप सफ़र पर तो निकले हैं लेकिन बिना उद्देश्य के आप चले जा रहे हैं तो निश्चित ही एक समय के बाद आपकी यह दिशाहीन यात्रा निराशा और भटकाव के सिवा कुछ और प्रतीत नहीं होगी। याद रखिए, सफ़र का आनंद रास्ते में मिलने वाले माइल्स स्टोन्स को पार करना नहीं है बल्कि असल आनंद मंज़िल पर पहुँचना है।

आध्यात्म ख़ुद के अस्तित्व को जान पाने का तरीक़ा है। इससे ही आप अपनी भीतरी आकांक्षा और बाहरी महत्त्वाकांक्षाओं को समझ पाएँगे। इनमें अंतर कर पाएँगे। और जिस दिन आप कुछ हासिल करने की महत्त्वकांक्षाओं को छोड़, भीतर जो है उसके कुछ होने की आकांक्षा को जान लेंगे, उसी दिन से आपके जीवन का उद्देश्य स्पष्ट हो जाएगा। फिर आप अपनी कंपनी को एक दिशा दिखा सकते हैं। ऐसी दिशा जिसमें कंपनी के हितों के साथ आपके उद्देश्य की भी पूर्ति मुमकिन होगी। इसलिए कहता हूँ, एक कंपनी के लीडर होने के नाते आप तभी सफलता की ऊँचाइयों को छू सकते हैं, जब आपके जीवन का एक स्पष्ट उद्देश्य हो।

मनुष्य अक्सर दो आयामों यानी संसार में जीता है। एक बाहरी आयाम जिसकी महत्त्वाकांक्षा की प्यासे कभी तृप्त नहीं हो सकती है। वह कुछ हासिल करने की कल्पना करता रहता है। आज वह अध्यापक है तो कल वह प्रिंसिपल होना चाहेगा, आज वह मैनेजर है तो कल सी. ई. ओ. बनने की कल्पना करेगा, आज उसके पास बंगला है, तो कल वह एक टापू का मालिक होने का ख़्वाब देखेगा। यक़ीन मानिए आप दुनिया में कुछ भी हासिल कर लीजिए पर इन बाहरी महत्त्वाकांक्षाओं, लालसाओं, इच्छाओं को तृप्त नहीं किया जा सकता। आप पूरी दुनिया जीत लीजिए, फिर भी मुझे यक़ीन है कि उसके बाद आपकी नज़र दूसरे ग्रहों, सितारों पर होगी। इसलिए कहता हूँ, आपके जीवन का एक उद्देश्य होना चाहिए, वो भी उत्कृष्ट और भव्य होना चाहिए, जो इस संसार में आपकी भूमिका को अर्थ प्रदान करता हो। कुछ ऐसा जो अनुसरण करने लायक हो, कुछ ऐसा जो हर सुबह आपको बिस्तर से उठा दे, ना कि केवल धन, पद या सुरक्षा की खोज क्योंकि ऐसे लक्ष्य, निश्चित ही जीवन में आपको निराश करने वाले होंगे।

आध्यात्मिक (spirituality) लीडरशिप इसलिए आज की इस व्यावसायिक संस्कृति के लिए बहुत आवश्यक है क्योंकि एक अच्छा लीडर वही हो सकता है जिसकी जीवन को अनुभव करने की क्षमता, भौतिक सीमाओं से पार चली जाए। शरीर और मन मनुष्य के भौतिक यानी बाहरी आयाम है। अगर हम अपने शरीर को देखें तो असल में यह सिर्फ़ एक भोजन के ढेर के सिवा कुछ नहीं हैं। आप जो ग्रहण करते हैं वैसा ही आपका शरीर बन जाता है। और जिसे आप 'मेरा मन' कहते हैं, वह उन छापों, उन स्मृतियों का ढेर है जो जीवन भर आपने पाँचों इंद्रियों के माध्यम से इकट्ठा की हैं। एक सच्चा लीडर वही है जो इन भौतिक सीमाओं से पार चला जाए। जो ख़ुद की महत्त्वाकांक्षाओं से पार, ख़ुद से बड़ा लक्ष्य लेकर सामने से नेतृत्व करे। इसलिए यदि आप सिर्फ़ अपने शारारिक और बौद्धिक स्तर पर कार्य करते हैं तो आप निश्चित ही एक कमज़ोर लीडर बनेंगे क्योंकि आपका शरीर और दिमाग़ अतीत और कल्पनाओं से बँधे हैं। फिर आपने जीवन भर जो हीनता अर्जित की है, उसको ही भरने का उपाय ढूँढ़ते हैं। फिर आप कल्पनाओं का महल सजा लेते हैं। ऐसी स्थिति में आप नई संभावनाओं को तलाश कर पाने में असमर्थ होंगे।

लोग ऐसी लीडरशिप से प्रभावित होते हैं, जो अतीत को नहीं दोहराए। वे एक ऐसे लीडर की खोज में रहते हैं जो ऐसा कुछ रच या बना सके जिसके बारे में अन्य लोग सोच भी नहीं सकते हैं। एक अच्छा लीडर अतीत और कल्पनाओं से परे कुछ ऐसा देखता है जिसे बाक़ी सभी लोग नहीं देख सकते। और ऐसा कर पाना बिलकुल ही नामुमकिन है, जब तक आप में कोई आश्चर्यात्मिक तत्व नहीं हो। आश्चर्यात्मिक तत्व के बिना एक लीडर चाहे वह आर्थिक हो, राजनीतिक हो या फिर कोई अन्य क्षेत्र का हो, निश्चित रूप से विकलांग है, लाचार है।

एक योग्य लीडर वह होता है जिसमें स्थितियों, समस्याओं को कंपनी के लक्ष्यों की ओर व्यवस्थित और निर्देशित करने की क्षमता हो। लेकिन आप बाहरी स्थितियों को तभी अपने अनूकूल बना सकते हैं जब आपके पास ख़ुद को नियंत्रण करने की क्षमता हो। आप बाहरी परिस्थितियों से तभी मुक़ाबला करने में सक्षम हो सकते हैं, जब आपकी आंतरिक प्रकृति पर आपका पूर्णतः अधिकार हो।

गौर करने वाली एक बात यह भी है कि बाहरी परिस्थितियों पर हम मनुष्यों का 100 प्रतिशत नियंत्रण नहीं होता है। इस बात से कोई फ़र्क़ नहीं पड़ता कि आप किस पद पर आसीन हैं, आप कितने धनवान हैं, कितने ज्ञानी हैं या कितने शक्तिशाली हैं, बाहरी परिस्थितियों पर किसी का भी 100 प्रतिशत नियंत्रण नामुमकिन है। इसी वजह से बिना आश्चर्यात्मिक तत्व के अधिकांश लोगों की जीवनशैली बाहरी परिस्थितियों की ही गुलाम होती जा रही है। यह जाल कैसा है जिसमें हम उलझते ही चले जाते हैं। ऐसा बिलकुल असंभव है कि यह दुनिया आपकी इच्छानुसार चले। यह भी सत्य है कि जो काम आपने सोचा है, उसे कोई ठीक आपके अनुसार कर दे। लेकिन कम से कम आपको वैसे ही काम करने चाहिए, जैसा आप चाहते हैं।

एक बार सोच के देखिए यदि आपके भीतर की स्थिति ठीक वैसे ही कार्य करती है, जैसा आप चाहते हैं तो आप ख़ुद को किस स्थिति में रखना चाहते हैं? ज़ाहिर सी बात है, इसे आप बेहद आनंदित स्थिति में रखेंगे। फिर आपको कोई तनाव, दुख, क्रोध या कोई अन्य नकारात्मक बातें नहीं पता होंगी। लोग इसी समस्या से ग्रसित हैं। इसका मुख्य कारण यह है कि

जो उनके भीतर की मूलभूत क्षमताएँ, योग्यताएँ, भावनाएँ और ऊर्जा है, वे बाहरी परिस्थितियों से प्रभावित होकर घटित हो रही हैं।

ऐसा व्यक्ति, ऐसी कंपनियाँ जिनका ख़ुद पर नियंत्रण नहीं होता है, वे बाहरी परिस्थितियों में अक्सर टूट जाती हैं। हम ब्रेकडाउन की बात करते हैं, ऐसा इसलिए है क्योंकि हम वास्तविकता के प्रति सजग ही नहीं रहते। आप कितनी भी योजनाएँ बना लें, नई चुनौतियाँ सामने आएँगी, विभिन्न समस्याओं का सामना करना पड़ेगा। यही वर्तमान है, यही वर्तमान की वास्तविकता है। इनसे बचा नहीं जा सकता। इनसे आप तभी निपट सकते हैं जब आपकी आंतरिक स्थिति आपके क़ाबू में हो। इसलिए कहता हूँ, कि एक आदर्श लीडर वह है, जो ख़ुद को किसी भी परिस्थिति में सामान्य रख कर अपनी स्थिति को बदलने का जज़्बा रखता है।

एक सफल लीडर हमेशा सीखने योग्य क्षणों की तलाश में रहता है, वह परिस्थितियों को ख़ुद को आज़माने के लिए एक अवसर की तरह देखता है। वह अपनी दृष्टि, साहस, संयम, गरिमा, विनम्रता और विवेक जैसे अध्यात्मिक तत्व यानी आंतरिक गुणों से बाहरी स्थिति में बदलाव लाने में सक्षम होता है। पर याद रखिए इन गुणों को सिर्फ़ अध्यात्मिक रूप या आंतरिक रूप से ही हासिल किया जा सकता है।

दृष्टि

कहते हैं मन के हारे हार, मन के जीते जीत। यानी हमें पहले भीतर जीतना होता है। अगर इसकी मैं तकनीकी तौर पर व्याख्या करूँ तो यह कुछ ऐसा होगा कि हम जो आंतरिक रूप से हासिल करते हैं, उसको ही बाहरी वास्तविकता में गढ़ने की कोशिश करते हैं। वहीं इसे दूसरी तरह से कुछ ऐसे कह सकते हैं कि ''बाहर आप तभी कुछ हासिल कर सकते हैं, जब आप पहले उसे आंतरिक रूप से पा लेते हैं।'' परंतु आप आंतरिक रूप से तभी कुछ हासिल कर सकते हैं जब आप में वास्तविकता को बोधपूर्वक, ठीक-ठीक देखने की शक्ति आ जाती है। आंतरिक रूप से चीज़ों को देखने की इस शक्ति को ही दृष्टि कहते हैं। इसका तात्पर्य आँखों से नहीं है। यह बंद आँखों से भी आपको सोते, जागते, सोचते विचारते, हर कार्य करते देखता रहता है। यह मनुष्य का अध्यात्मिक तत्व है।

एक सफल लीडर के अंदर यह ख़ास गुण होता है कि वह एक अच्छा दृष्टा होता है। वह परिस्थियों के अनुकूल संभावनाओं को देख सकता है, तलाश सकता है। दृष्टि आने से ही मनुष्य आंतरिक रूप से जाग्रत हो सकता है। समय की वास्तविकता और परिस्थितियों के प्रति बोधपूर्वक देखना ही किसी व्यक्ति का विवेक है। यह मनुष्य की जाग्रत अवस्था है। किसी समस्या को बोधपूर्वक देखना मात्र ही उन दरवाज़ों का खुल जाना है जिससे स्थितियों को बदलने में समर्थता प्राप्त होगी। याद रखिए किसी समस्या को पहले हमें आंतरिक रूप से सुलझाना होता है, इसलिए ज़रूरी है कि पहले हम आंतरिक रूप से सफलता पाएँ।

साहस

कहते हैं, यह दुनिया एक भयानक जगह है। व्यापार को लेकर भी ठीक ऐसी ही धारणाएँ हैं। ये भयावाह इसलिए प्रतीत होते हैं, क्योंकि यह वास्तविकताओं के रहस्यों से भरी पड़ी है। हम व्यवसाय को ही देख लें, हम प्रतिदिन नई चुनौतियों, नई समस्याओं के समक्ष खड़े होते हैं। हम कितनी भी कोशिश कर लें इसे सुलझाने की, पर वर्तमान हर बार एक नई उलझन लेकर हमारे दरवाज़े पर खड़ा हो ही जाता है। और यह समस्या इसलिए प्रतीत होती है क्योंकि हम इससे बचने की कोशिश करते हैं। इससे भागने की कोशिश करते रहते हैं। मैं कई बार कह चुका हूँ कि वर्तमान से भागा नहीं जा सकता। जीवन में यह सिद्धांत याद रखिएगा कि ‘‘जब कभी भी वास्तविकता या समस्याएँ आप पर भयानक रूप से हावी हों तो आप इसे अपना दुर्भाग्य मत समझिएगा, इसे अवसर की तरह देखिएगा क्योंकि इसे सहने और जीतने से बड़ा सौभाग्य और कुछ नहीं है।’’

एक महान लीडर की पहचान उन क्षणों में होती है, जब जीवन की परिस्थितियाँ अनूकूल नहीं होती हैं, जब वास्तविकता या वर्तमान भाग्य का साथ नहीं देते। ऐसी स्थिति में हमारी बनाई योजनाएँ परिस्थितियों के आगे बेबस हो जाती होते हैं, जब मंज़िल आसपास भी नज़र नहीं आती। ऐसे में एक लीडर क़िस्मत या भाग्य का रोना नहीं रोता। वह परिस्थितियों की आँख में आँख डाल कर यह कहने की हिम्मत रखता है कि ‘‘मैं झुकूँगा नहीं, मैं

रुकूँगा नहीं।'' परिस्थितियों के सामने खड़े रहने की यह शक्ति आंतरिक है। यह शक्ति कुछ और नहीं बल्कि साहस है।

सभी सफल लीडरों में 'साहस' सबसे महत्त्वपूर्ण गुण है और इसकी सबसे ख़ास बात यह है कि हम इसका दिखावा नहीं कर सकते। फिर वो साहस आप में चाहे बदलाव लाने के लिए हो, या फिर अपनी सुरक्षा या अपने कंफ़र्ट ज़ोन से बाहर निकल कर नए ज़ोख़िम उठाने के लिए हो। वह साहस चाहे आप में किसी सच के साथ खड़े रह कर सच बोलने के लिए हो, या फिर ग़लत को एक सिरे से नकारने का साहस हो, सही और ग़लत के बीच हमेशा सही का चुनाव करने के लिए साहस बहुत ज़रूरी है। फिर वो साहस सबको एक साथ लेकर एक दिशा में आगे बढ़ने का हो या फिर भीड़ से हट कर अकेले खड़े रहने की शक्ति हो या बात कठिन चीज़ को आज़माने और कड़े फ़ैसले लेने की हो, साहस ही वह आंतरिक शक्ति है जिसके बिना आप चुनौतियों का सामना नहीं कर सकते। साहस ही वह गुण है, जिससे आप वह कर सकते हैं 'जो सही है।'

संयम

''वह लीडर सबसे ज़्यादा शक्तिशाली है, जिसकी शक्तियाँ उसके आत्म-नियंत्रण में रहती हैं।''

मैं ऐसे बहुत से लोगों को जानता हूँ जो परिस्थितियाँ देख विचलित नहीं होते। भले ही बाहर चीज़ें उनके अनूकूल ना हो, फिर भी उनकी प्रतिक्रिया सौम्य रहती है। बाहर कितनी ही विपत्तियों के सागर क्यों ना हो परंतु उनका व्यवहार किसी शीतल तालाब की तरह शांत रहता है। ऐसे व्यक्तियों को उकसाना या दबाव में देखना कठिन है। क्योंकि उनका मन उनके क़ाबू में रहता है।

सच पूछिए तो हर मनुष्य के जीवन में कुछ ना कुछ उलझने चलती रहती हैं। इसे आप गृह युद्ध कह सकते हैं। गृह युद्ध इसलिए क्योंकि मनुष्य के भीतर 'कुछ और' की लालसा घटित होती रहती है। उसे कुछ होने का जुनून है। पर जब समय आईना दिखाता है, जब मुसीबतों के बादल घेरते हैं, तब मनुष्य के आत्म नियंत्रण की शक्ति ही उसे दृढ़ बनाकर परिस्थितियों

से सामना करने की शक्ति देती है। ख़ुद को आत्म नियंत्रण करने की इस अद्भुत शक्ति का नाम है 'संयम'।

हम मनुष्य अपने इस सीमित जीवन से बहुत कुछ हासिल करना चाहते हैं, बहुत कुछ भोगना चाहते हैं। इस साल आपकी कंपनी 100 करोड़ का रेवेन्यू जेनरेट करती है, अगले साल का लक्ष्य 2000 करोड़ होगा। आज आपकी कंपनी की शाखा एक शहर में है, कल आप उसका नाम पूरे विश्व में देखना चाहेंगे। परंतु समय यानी वास्तविकता हमारे हाथ में नहीं है। हर चीज़ हमारी योजना अनुसार फलित नहीं हो सकती। यह हमारे नियंत्रण में नहीं है। कभी-कभी हमारा जुनून, हमारी महत्त्वाकांक्षाएँ इस क़दर हम पर हावी हो जाती हैं कि जब मुसीबतों का सामना करना पड़ता है, तब आत्म नियंत्रण ना होने की वजह से हम टूट जाते हैं। हमारा स्वभाव, हमारा व्यवहार हमारे क़ाबू में नहीं रहता, 'आपा खो जाना' इसे ही कहते हैं। फिर जब इस अवस्था में कोई व्यक्ति प्रतिक्रिया करता है फिर चाहे वो शारीरिक हो या व्यावहारिक, वह उसके नियंत्रण में नहीं रहती।

इसलिए एक सफल लीडर बनने के लिए उस शक्ति की आवश्यकता होती है जो ख़ुद को आत्मनियंत्रित कर सके। और इस आंतरिक शक्ति का नाम 'संयम' है। संयम वो आंतरिक शक्ति है, जो हमारी शक्तियों को हमारे स्वयं से बाँधे रखती है। यह ख़ुद पर राज करने की स्थिति है। एक बार जो व्यक्ति ख़ुद का मलिक बन जाता है फिर उसे कोई बाहरी चीज़ गिरा नहीं सकती। यही वजह है कि एक संयमी व्यक्ति कैसी भी परिस्थितियों में, किसी भी विपरीत हालातों में, अपने पथ में अडिग रहते हैं। किसी भी परिस्थितियों में स्वयं के साथ, संयम के साथ खड़े रहना ही दृढ़ता है। कह सकते हैं कि संयम ही वह भीतरी रास्ता है जिस पर चलकर कोई व्यक्ति अपने उद्देश्य के प्रति दृढ़ संकल्पी हो सकता है।

अगर आप किसी सफल लीडर के जीवन को उठा कर देखेंगे तो पाएँगे कि वे बहुत जुनूनी थे। कुछ कर गुज़रने का जुनून, कुछ हो जाने जुनून था। यह जुनून मनुष्य का स्वभाव है। परंतु जब इस जुनून को सही दिशा नहीं मिलती है तो निराशा के अतिरिक्त कुछ हाथ नहीं लगता। याद रखिए यह संसार, यह बाज़ार प्रलोभनों और कुंठाओं से भरा पड़ा हुआ है। यह कर लिया, तो यह हासिल कर पाओगे। अगर यह हासिल नहीं कर पाए, तो यह

कमी रह जाएगी। तरह-तरह के प्रलोभन, तरह-तरह की कुंठाएँ। इसलिए अपने अंदर के जुनून को आत्म-नियंत्रित किया जाना बहुत ही ज़रूरी है, अन्यथा भटकाव की स्थिति उत्पन्न होती है। यह किसी व्यक्ति का जुनून ही है जो उसकी इच्छाओं और कल्पनाओं को मज़बूत कर देता है। इसलिए इस जुनून को सँभालने के लिए एक चाबुक की ज़रूरत होती है। ऐसी चाबुक जिसका नियंत्रण स्वयं के पास हो। फिर बिना चाबुक के किसी व्यक्ति की शक्ति , किसी व्यक्ति का जुनून बेलगाम है। इसलिए कहता हूँ, हमारे हाथ में एक ऐसी चाबुक होनी चाहिए जो ख़ुद को इन खोखली महत्त्वाकांक्षाओं के पीछे भागती भीड़ से अलग रख सके। इस चाबुक को 'संयम' कहते हैं। किसी भी सफल लीडर के चरित्र को उठाकर अगर आप देखेंगे तो पाएँगे कि जुनून के अलावा जो बात उन्हें औरों से ख़ास और प्रभावशाली बनाती है, वह यह है कि वे स्वयं - शक्ति से प्रेरित थे। वे भीड़ का हिस्सा नहीं बनना चाहते थे। वे जानते थे, वे औरों की तरह पूर्ण नहीं हैं लेकिन उन्होंने आत्म-नियंत्रण से ख़ुद को और दूसरों को बेहतर बनने के लिए प्रेरित किया और वे जीवन में सफल हुए।

एक सी. ई. ओ. के तौर पर, एक लीडर के तौर पर, आपके अंतर्मन में भी गृहयुद्ध की स्थिति चलती होगी, जहाँ बाहरी प्रतिस्पर्धा के साथ-साथ आंतरिक प्रतिस्पर्धा का सामना करना पड़ता होगा। मैं जानता हूँ, आपकी भी महत्त्वाकांक्षाएँ है, आपके अंदर जुनून है, गुस्सा है, ढेरों इच्छाएँ हैं लेकिन महत्त्वपूर्ण बात यह है कि आप इससे ऊपर उठ सकते हैं। आप अपनी कंपनी को एक सकारात्मक दिशा दिखा सकते हैं। फिर चाहे बात एक बेहतर समाज बनाने की हो या राष्ट्र के विकास में योगदान देने की, हम अपने अहंकार, स्वार्थ और महत्त्वाकांक्षाओं से ऊपर उठकर ही एक बेहतर दुनिया की नींव रख सकते हैं। अगर आप एक सफल कंपनी के सफल लीडर बनाना चाहते हैं तो आपको आंतरिक रूप से नियंत्रित होना पड़ेगा। उकसाए जाने वाली बातों को नज़रअंदाज़ करना पड़ेगा, निजी-स्वार्थ का विरोध करना पड़ेगा, अविश्वसनीय दबाव में रहकर प्रदर्शन करना पड़ेगा, दूसरों की उत्कृष्ट सेवा करने के लिए अपने डर और शारीरिक सीमाओं से पार जाना पड़ेगा। हमको भीड़ के जुनून से हटकर सोचना ही होगा तभी हमको और हमारी कंपनी को इस बाज़ार में जीत मिलेगी। और इस जीत की शुरुआत पहले हमें कहीं अपने भीतर शुरू करनी होगी।

गरिमा

''वही व्यक्ति शांतिपूर्वक जीवन निर्वाह कर सकता है जो यह परवाह करना छोड़ दे कि अन्य लोग उसके बारे में क्या सोचते हैं या क्या राय रखते हैं।''

यह किसी को नज़रअंदाज़ करने के बारे में नहीं है। यह हमारे आत्मसम्मान की बात है। जिसे आप 'गरिमा' कह सकते हैं। यह मनुष्य का मौलिक गुण हैं। अगर इसे परिभाषित करना हो तो मैं कह सकता हूँ कि ''इसका तात्पर्य इस निष्ठा से है कि सभी मनुष्य समान है और उनके अस्तित्व को महत्त्व और सम्मान दिया जाना चाहिए।''

पहले हमें गरिमा और सम्मान के बीच अंतर समझ लेना चाहिए। मैंने कई कार्यस्थलों में एक समस्या आमतौर पर देखी है कि लोगों को यह शिकायत रहती है कि ''उन्हें सम्मान नहीं दिया जा रहा।'' इतना ही नहीं उन्हें सम्मान को लेकर चीख़ते-चिल्लाते, भावावेश में बहते और क्रोधित होते देखता हूँ। सम्मान क्या वास्तव में इतनी बड़ी चीज़ है, जिसके लिए किसी पर दबाव डाला जा सकता है? क्या वाकई इसकी लालसा की जा सकती है? क्योंकि सम्मान एक ऐसी चीज़ है जो आपके नियंत्रण क्षेत्र से बाहर है। आप इसे अपने क़ाबू में नहीं कर सकते। हो सकता है आज लाखों लोग फूलों की माला से आपका स्वागत करें पर क्या पता कल उन्हीं लोगों के हाथ में जूतों की माला हो। आज चाहे जितने भी लोग आपके सामने अपना शीश झुकाएँ, क्या पता वही लोग आपका सिर काटना चाहते हों। यह हमारे ऊपर निर्भर नहीं है। पर गरिमा आपकी है। यह आंतरिक है। यह आपके अंदर है। ऐसा बिलकुल भी नहीं है कि सम्मान कोई बुरी चीज़ है। सम्मान पाना बहुत अच्छा है, लेकिन यह हमारे वश में नहीं है। फिर जो चीज़ हमारे बस में ही ना हो उसके लिए विचलित होना व्यर्थ है। पर गरिमा के साथ ख़ास बात यह है कि बाहरी परिस्थितियाँ चाहे जैसी भी हों, चाहे हम कितने भी दबाव में क्यों ना हों, हम अपनी गरिमा से जुड़े रह सकते हैं, बशर्ते हम इसे छोड़ें नहीं।

इस व्यावसायिक दुनिया में ख़ुद के मूल्यों और सिद्धांतों पर टिके रहना अनिवार्य है। आप अपने स्वाभिमान और ईमानदारी से सौदा नहीं कर सकते। लोग आपके संघर्ष और सफलता को एक उदाहरण की तरह देखते हैं, वह आपके लिए ताली बजाएँगे, प्रशंसा करेंगे। पर याद रखिए ये वही

भीड़ है, जो आपकी असफलता पर उपहास उड़ाएगी और आलोचना भी करेगी। इसलिए आपको इन बातों को नज़रअंदाज़ करना पड़ेगा। एक सी. ई. ओ., एक लीडर के तौर पर आपको इन बातों को छोड़ कर अपने जीवन के मूल्यों से प्रेरित होकर एक मानक या स्टैंडर्ड तय करना चाहिए। यह मानक ही हमारा स्वाभिमान है।

एक लीडर के तौर पर आपको अपनी गरिमा के साथ अभिनय करते रहना चाहिए। इससे आपको बिलकुल भी फ़र्क़ नहीं पड़ना चाहिए कि लोग आपकी उपेक्षा कर रहे हैं या लोग आपकी तारीफ़ों में कसीदे पढ़ रहे हैं। यह बात हमेशा याद रखिए कि सफलता पाने के लिए यह बात बिलकुल भी मायने नहीं रखती कि दूसरे लोग आपके बारे में क्या सोचते हैं, क्या राय रखते हैं और क्या बर्ताव करते हैं। आपके जीवन में दरअसल, जो चीज़ मायने रखती है वह है आपकी निष्ठा, आपकी गरिमा। वास्तव में देखा जाए तो हम लोगों को अपने बारे में बात करने से चुप नहीं करा सकतेपरंतु कम से कम हम यह नियंत्रित तो कर ही सकते हैं कि हम उन्हें कैसी प्रतिक्रिया दें।

अगर आप एक सफल लीडर बनना चाहते हैं तो ख़ुद को समय-समय पर याद दिलाते रहिए कि आपकी निष्ठा और गरिमा को छोड़ कर अन्य कोई चीज़ मायने नही रखती। यह बात मन में दोहराते रहिए कि आप सही काम कर रहे हैं। ख़ुद को याद दिलाते रहिए -'प्रशंसक या आलोचक कोई और नहीं बल्कि आप स्वयं हैं।' फिर भी अगर इसे प्रमाणित करने की ज़रूरत पड़े तो गवाह आप ख़ुद बनिए। महान लीडर यही करते हैं। वे बस सही काम करते हैं। हालात चाहे जो भी हों। जो भी जोखिम और ख़तरे हो। चाहे जो भी उचित बहाना हों, वे उस सब को नज़रअंदाज़ करते हैं और वही काम करते हैं, जो काम सही है। क्योंकि असल मज़ा तो सही काम करने में ही है।

विनम्रता

नेतृत्व ख़ुद को यह कहने या आँकने की छूट नहीं देता, ''मैं ही सब कुछ हूँ''। अगर कभी आपको यह गुमान हो जाए कि आप ही सर्वोपरि हैं तो इतिहास के पन्नों को एक बार पलट कर देखिएगा। ऐसी बहुत सी तसवीरें मिल जाएँगी जिसे समय ने धीरे-धीरे मिटा दिया है।

हम मनुष्यों का यह स्वाभाव है कि ख़ुद को हम दूसरों से, कम या ज़्यादा आँकते रहते हैं। चाहे वो सफ़र में बैठा बगल वाला व्यक्ति हो, या फिर वह व्यक्ति जिससे आपके कार्यस्थल पर प्रतिस्पर्धा है। दूसरों से तुलना हमारी अंतरात्मा में कहीं चलती रहती है। फिर यह तुलना, यह मूल्यांकन चाहे उस व्यक्ति से हो, जिससे हम प्यार करते हैं या कोई ऐसा व्यक्ति जिसकी ईर्ष्या या नफ़रत से हम पीड़ित हैं। हम ख़ुद को दूसरों से बेहतर दिखाना चाहते हैं। यह हमारे अहंकार को बढ़ावा देने के सिवा और कुछ नहीं हैं। मनुष्य हमेशा अपने अहंकार को दूसरे से श्रेष्ठ बताता है। यही वजह है कि जब कभी किसी कारण से हमारे अहंकार को रत्ती भर भी ठेस पहुँचती है तो कष्ट होता है, पीड़ा होती है, मन को तकलीफ़ होती है। मनुष्य हमेशा अपने विचारों से अपने स्वभाव से दूसरो पर अधिकार जमाना चाहता है। सच पूछिए तो यह एक ऐसी अर्थहीन आंतरिक जंग है, जिसे हम हर हाल में जीतना चाहते हैं। पर याद रखिए आप अजेय नहीं है, आज आप कुछ लोगों के लिए कितने ही महत्त्वपूर्ण क्यों ना हों, आज आप कितने ही अमीर या किसी ऊँचे पद पर क्यों ना बैठे हों, समय इस बात को नज़रअंदाज कर देगा कि आप कौन हैं।

आप इसका सबसे अच्छा उदाहरण 'महान' कहलाने वाले सिकंदर की जीवनी से उठाकर देख सकते हैं। उसने भले ही अपने जीवन में 'महान' कहलाने के लिए सारी शक्तियाँ और उपलब्धियाँ हासिल कर ली थीं, पर उसकी मृत्यु के बाद उसको अपने सामान ढोने वाले खच्चर और एक गुलाम के साथ दफ़नाया गया। कहते हैं उन दोनों की क़ब्रें अगल-बगल थीं। इस धरती ने बिना भेदभाव किए उन्हें समाहित कर लिया और जिसे गुमान था कि वह अजेय है उसे भी समय ने नहीं बक्शा और उसका भी वही हश्र हुआ, जो उसके गुलाम का हुआ। इसलिए इस बात को गाँठ बाँध लीजिए जीत अंततः समय की ही होगी।

वास्तव में अगर देखा जाए तो हम और आप विशेष नहीं हैं। हम अपने आसपास मौजूद अन्य लोगों की तरह ही इंसान हैं। हमें यह नहीं भूलना चाहिए कि हमारा यह जो भौतिक जीवन है, हमारा जो यह नश्वर शरीर है उसकी एक सीमा है। हम इस जीवन में सब कुछ एक बार में ही नहीं कर सकते। इसलिए जो चीज़ हमारे लिए सबसे अधिक ज़रूरी है, वह यह

है कि हम इस तथ्य को स्वीकार करें कि इस दुनिया में हम सभी का महत्त्व समान है और रही बात पद, प्रतिष्ठा, शोहरत, नाम की तो यह सब यहीं धरा रह जाता है। याद रखिए इस सृष्टि में कुछ भी स्थाई नहीं है, यक़ीन ना आए तो अपने अगल-बगल उन खंडहरों को देखिएगा, जिनमें ना जाने कितने लोग आए और रह कर काल में गुम हो गए। वक़्त ने उन सभी के नाम मिटा दिए और अगर उनके नाम लिखे भी गए तो आज वो सिर्फ़ नाम हैं, उससे ज़्यादा कुछ भी नहीं। इसलिए इस जीवन में आपकी जो भूमिका है उसको स्वीकार कीजिए और दूसरों की तुलना में अपनी क्षमताओं का आंतरिक लेकिन सटीक लेखा-जोखा बनाइए। इसे आप आंतरिक स्कोरकार्ड कह सकते हैं, जहाँ आप अपने मूल्यों, सिद्धांतों और क्षमताओं का सही-सही मूल्यांकन कर सकते हैं। यह आंतरिक मूल्यांकन ख़ुद को कमतर आँकने के बारे में नहीं है, बल्कि अपनी कमियों को स्वीकारने के बारे में है, जिसकी मदद से आप अपने चरित्र का निर्माण कर अपने किरदार को तराश सकते हैं, कुछ नया सीख सकते हैं, ख़ुद को अपडेट कर अपना एक नया, एक बेहतर वर्ज़न बना सकते हैं।

याद रखिए यह जीवन बहुत तेज़ गति से गुज़रता है। चाहे सुख हो या दुख, सफलता हो या असफलता, यहाँ तक हमारी सारी उपलब्धियाँ स्थिर नहीं हैं। आज एक व्यक्ति के तौर पर मैं जो कुछ भी हूँ, संभवत: वह कल नहीं रहूँगा। सच पूछिए तो मनुष्य का जो अस्तित्व है, वह एक नदी की तरह है, जिसकी निरंतर प्रवाह धारा अतीत और भविष्य के बीच में गोते लगाती रहती है। पर हम मनुष्य अक्सर यही मूर्खता कर जाते हैं, हम अस्तित्व की लहरों का आनंद उठाने की बजाय, अतीत और भविष्य की गहराई नापने की भूल कर जाते हैं, जो एक अनंत खाई के सिवा कुछ भी नहीं है। इसलिए कहता हूँ एक महान लीडर बनने के लिए पहले आपको अपने अहंकार को जीतना होगा और इस जीत की शुरुआत विनम्रता को अपनी आदत बनाने से शुरू होगी।

एक सफल लीडर किसी क़रिश्मे पर निर्भर नहीं रहता है, बल्कि वह अपने मूल्यों, सिद्धांतों, क्षमताओं से प्रेरित मानकों पर निर्भर रहता है। पर कई बार इसे ग़लत समझा जाता है। एक व्यक्ति अगर विनम्र है तो अक्सर उसे डरपोक या आत्मविश्वास की कमी से भी जोड़ा जाता है। आज के इस

तेज़ी से भागते-बदलते बाज़ार में, जहाँ हमें बहुत जल्दी परिणाम चाहिए होते हैं, वहाँ 'विनम्रता' जैसे आवश्यक गुण को बहुत ही नकारात्मक समझा जाता है, नज़रअंदाज़ कर दिया जाता है। पर मैं अपने व्यक्तिगत अनुभव से कह सकता हूँ कि मेरे करियर में सबसे अच्छे और सबसे सफल मैनेजमेंट वे ही रहे हैं, जो सबसे विनम्र थे। वे अपने अहंकार से पहले कंपनी के उद्देश्य के लिए प्रेरित थे। वे अपनी सफलता का श्रेय अपनी टीम की मेहनत को देते थे। उनमें सीखने की ललक थी, वहाँ ग़लतियों को स्वीकार करने और उनमें सुधार करने का अवसर दिया जाता था। ऐसे मैनेजमेंट में नेतृत्व के ये ख़ास गुण एक शक्तिशाली टीम का निर्माण करते हैं। याद रखिए विनम्रता आपको ताक़त की ओर ले जाती है, इसलिए इसे कमज़ोरी समझा जाना भूल होगी। अपनी ग़लतियों को स्वीकार करना और उसके लिए सुधार करना, आत्म-सम्मान का सर्वोच्च रूप है। यह हमारा सबसे शक्तिशाली अस्त्र है, जो हमारे मूल्यों पर आधारित है। अगर आप भी यह दृष्टिकोण रखते हैं कि आप से भी महान कुछ अस्तित्व में है, आपकी महत्त्वाकांक्षाओं से भी बढ़ कर आपका कोई उद्देश्य है, फिर चाहे वह अपनी कंपनी को ख़ुद के स्वार्थ से आगे रखना हो या फिर अपने कर्मचारियों, ग्राहकों को ख़ुद की ज़रूरतों से जोड़ना हो; अगर आप विनम्र हैं तो मैं कह सकता हूँ आप सफलता की सही राह पर हैं।

सहयोगिता

मैं कई बार कह चुका हूँ कि वर्तमान से भागा नहीं जा सकता और ना ही लड़ा जा सकता है। पर हम अक्सर इन वर्तमान की चुनौतियों से लड़कर अपनी ऊर्जा व्यर्थ करते रहते हैं। याद रखिए किसी चुनौती, किसी समस्या से लड़कर जीत हासिल नहीं की जा सकती। आप जब समस्या से लड़ना शुरू करेंगे समस्या उस पल से ही भयानक और बड़ी प्रतीत होने लगेगी। यही भय पैदा करती है, और तभी हम अपनी सुरक्षा के डर से, अपने प्रलोभन, अपनी कल्पना के डर से, उस समस्या से लड़ना शुरू कर देते हैं। यह बात याद रखने योग्य है कि किसी समस्या से लड़कर नहीं, बल्कि सहयोग से जीता जा सकता है।

यह किसी भी परिस्थिति में स्वयं और दूसरों में से सर्वश्रेष्ठ बाहर लाने की क्षमता है जो एक कुशल लीडर के लिए अनिवार्य गुण बन जाता है। नेतृत्व का असल में मतलब है कि आप किन्हीं परिस्थितियों में आवश्यक वातावरण पैदा करने में सक्षम है, जहाँ अन्य लोग अपनी सीमाओं से पार जा सकते हैं। आप देखेंगे की एक कुशल लीडर की मौजूदगी में लोग अक्सर वह कर जाते हैं जिनकी उन्होंने कल्पना भी नहीं की होती है। ऐसा इसलिए क्योंकि वह जानते हैं कि उनके साथ एक सहयोगी के रूप में एक लीडर है, जो कंधे से कंधा मिला कर चल रहा है, जो उन्हें गिरने या भटकाव की स्थिति में सँभाल लेगा, सही दिशा दिखा देगा।

बिना सहयोग की भावना के साथ कोई भी नेतृत्व लाचार है। क्योंकि जब तक परस्पर सहयोग की भावना नहीं होगी तब तक हम अपनी ज़रूरतों को दूसरों से जोड़ पाने में असमर्थ होंगे। आप अपने इस व्यावसायिक सफ़र में, जहाँ लोग आपको एक लीडर के तौर पर देखते हैं, आप पाएँगे कि ऐसे भी बहुत लोग मिलेंगे, जो आपको अपना जीवन भी सौंपने को तैयार मिलेंगे। इसकी मुख्य वजह आपके प्रति उनका विश्वास है। उन्हें यक़ीन है कि आप उन्हें कुछ ऐसा बना सकते हैं, कुछ ऐसा हासिल करा सकते हैं जो वे स्वयं से नहीं पा सकते। यह अपने उद्देश्य को दूसरों की ज़रूरतों से जोड़ने की अद्भुत कला है। और जब आप सहयोग की कला के साथ एक टीम, एक नेतृत्व के रूप में खड़े रहते हैं तो सभी का कुछ हिस्सा, कुछ योगदान महत्त्वपूर्ण बन जाता है। जो किसी भी समस्या, किसी भी परिस्थिति का समाधान करने में आपको और आपके नेतृत्व को शक्ति देता है।

कहते हैं बुरी कंपनियाँ संकट में नष्ट हो जाती हैं, अच्छी कंपनियाँ उनसे बची रहती है पर जो महान कंपनियाँ हैं वे विपरीत परिस्थिति में सुधारी जाती हैं। और इस सुधार, इस बदलाव की शुरुआत पहले हमें ख़ुद से करनी होगी। अपने भीतर कहीं। अगर आप सफल होना चाहते हैं तो याद रखिए आपको अपने अध्यात्मिक गुण को निखारना पड़ेगा, सँवारना पड़ेगा। यह आंतरिक गुण आपके जीवन के, आपकी कंपनी के वो स्तंभ हैं, जो आपको एक महान लीडर बनाएगा। इसलिए कहता हूँ एक सफल लीडर में अध्यात्मिक गुण होना अनिवार्य है, नहीं तो मैं निश्चित रूप से कह सकता हूँ कि आपकी कंपनी का अंत होना तय है।

7

महान लीडर अन्य लीडरों को बनाते हैं

''नेतृत्व कोई दैवीय गुण नहीं है और ना ही कोई मनुष्य इसके साथ पैदा होता है। यह एक सतत आजीवन प्रक्रिया है। जिसे हमें, अपने सफ़र में सीखना होता है। इसलिए यह कहना ग़लत नहीं होगा कि एक विशिष्ट साँचे में डाल कर, हम लीडर का निर्माण कर सकते हैं।''

एक महान लीडर एक भव्य उद्देश्य के साथ आता है, जिसे वह अपने जीवन में हर हाल में पूरा करना चाहता है। परंतु कोई भी उद्देश्य, कोई भी सपना या लक्ष्य एक दिन में हासिल नहीं किया जा सकता है और ना ही इसे अकेले, बिना सहयोग की भावना के साथ पूरा किया जा सकता है। सफलता की कल्पना भी नहीं की जा सकती है। आपको अपने उद्देश्य की प्राप्ति के लिए, सफलता हासिल करने के लिए, एक लीडर के रूप में निरंतर विकसित होना पड़ता है। हर रोज़, कुछ नया सीखना होता है, चुनौतियों का सामना करना पड़ता है, निर्णायक फ़ैसले लेने होते हैं। पर किसी लीडर का कार्य सिर्फ़ यहीं तक सीमित नहीं है। उसकी भूमिका सिर्फ़ कड़े फ़ैसले लेना, योजनाओं पर हस्ताक्षर करना या स्व-विकास पर ज़ोर देना भर नहीं है। एक सफल लीडर अपने प्रत्येक दिन को संपूर्ण जीवन मान कर, अपने और दूसरों के प्रति कर्तव्यों को निष्ठापूर्ण रूप से जीता है। वह हर दिन को पूर्णतः जीवन समझ कर जीता है।

एक सफल लीडर अपने जीवन को एक अवसर की तरह देखता है। वह हर दिन को पूर्णतः समर्पण की भावना से आलिंगन करता है। ख़ुद

को झोंक कर एक बेहतर कल की नींव रखता है। उनमें चीज़ों को पूर्ण अनुमानित रूप से देखने की ग़ज़ब की दृष्टि होती है। उनमें स्थिति को भाँपने और नई चुनौतियों को स्वीकार करने और उनसे सीखने की चाहत होती है। एक सर्वश्रेष्ठ लीडर जीवन से सीखता है। वह जानता है कि सफल होने के लिए जीवन भर सीखना महत्त्वपूर्ण है। वह सदैव जोख़िम उठाने को तैयार रहता है। वह किसी क़रिश्मे या भाग्य के भरोसे बैठा नहीं रहना चाहता, बल्कि वह हर समस्या से कुछ नया सीख कर, आगे बढ़ जाता है।

किसी भी योग्य लीडर में यह ख़ास विशेषता होती है कि समय उनको आश्चर्यचकित नहीं करता। वे हैरान, परेशान या उत्साहित होकर बहकते नहीं है। वे चुनौतियों को अनदेखा नहीं करते, इनकार नहीं करते और सबसे बड़ी बात, वे देर नहीं करते। एक सी.ई.ओ. के तौर पर हम हज़ारों योजनाएँ टेबल पर लेकर आते हैं। हम व्यवसाय के दूसरे क्षेत्र में भी हाथ आजमाना चाहते हैं, हम बाज़ार के अन्य आयामों में भी अपनी क्षमता परख़ना चाहते हैं। पर हर जीव की तरह हमारी भी सीमाएँ हैं। हम सब कुछ अकेले नहीं कर सकते और सबसे बड़ी बात हमें पता होना चाहिए कि हमारे जीवन में बुढ़ापा– मृत्यु बहुत दूर भविष्य की बात नहीं है। हम अपने जीवन में समय की क़ीमत जानते हैं। हम एक ही जगह पर ठहरे नहीं रहना चाहते बल्कि बहुत तेज़ गति से आगे बढ़ जाना चाहते हैं।

सच तो यह है कि एक सी.ई.ओ. होने के नाते, हम इस बाज़ार की बहुत सी संभावनाओं पर अपनी योग्यता अनुसार काम करना चाहते हैं पर समय हमारे हाथ में नहीं हैं। हम वक़्त से पार जाना चाहते हैं। पर यह तभी मुमकिन हैं, जब हम अपने जाने के बाद की योजनाओं पर काम करें। एक बार सोच के देखिए कि आपने जो इतने दुलार, लाड़–प्यार से, अपने मूल्यों और विचारों से सींच कर यह कंपनी बनाई है, उसको कुछ ही दशकों बाद आप देखने भर के लिए भी क़ाबिल नहीं होंगे। यह सोच के भी दिल सहम जाता है कि इसकी देखभाल कौन करेगा। एक बार सोच कर देखिए कि फिर क्या होगा उन ज़िम्मेदारियों का जो आपके जाने के बाद भी आपकी कंपनी के प्रति बनती हैं। फिर कैसे उन मूल्यों और कर्तव्यों का पालन किया जाएगा जिसका निर्माण आप अपना पूरा जीवन समर्पित करके रचना चाहते हैं।

''एक सी.ई.ओ. के नाते मेरा यह पहला कर्तव्य है कि मैं हर स्तर पर एक ऐसा लीडर बना सकूँ, जो मुझसे भी एक क़दम आगे की सोच कर निर्णायक कार्रवाई कर सके।''

एक सफल लीडर वह है, जो अपने जाने के बाद की योजनाएँ बना कर रखता है। वे नेतृत्व की अगली पीढ़ी को तैयार करते हैं, जो उनकी अनुपस्थिति में छोटे-छोटे बदलाव, अनुकूल फ़ैसले, और लक्ष्य को हासिल करने में समर्थ होने के साथ उनके मूल्यों और सिद्धांतों को उस वर्ग तक पोषित करने में सक्षम हो सकें, जहाँ से कोई फ़ीडबैक, जहाँ से कोई जवाब आने की भी संभावना नहीं हो।

हर फ़ाउंडर चाहता है कि उसके मूल्य यानी वैल्यूज ग्राहक तक पहुँचे, लोग उनकी सेवाओं और प्रॉडक्ट को, ख़ुद के अनुभव से जोड़ पाएँ। कोई भी सी.ई.ओ. चाहेगा कि उसकी प्रभावशीलता बाज़ार में बनी रहे। इसलिए अक्सर हम बाज़ार के अन्य आयामों में अपना हाथ डालते हैं, बदलाव के लिए तैयार रहते हैं। उत्पादकता बढ़ाने के लिए वर्क प्लेस कल्चर की बात करते हैं। लक्ष्य कैसे हासिल किया जाए इसके लिए सेमिनार करते हैं, मीटिंग करते हैं, मैनेजमेंट, अनुशासन, प्लानिंग और ना जाने किन-किन विषयों पर चर्चा करते हैं। कार्य को प्रभावी बनाने का यह एक बेहतर तरीक़ा हो सकता है। अपने लीडर को सामने से नेतृत्व करते देखना लोगों का हौसला बढ़ाता है। वे उनसे प्रेरित होकर उनकी उपलब्धियों का अनुकरण करते हैं, पर सवाल अभी भी यही बना हुआ है कि आख़िर एक लीडर ऐसा क्या करता है, जिसकी वजह से उसकी आभा, उसकी उपस्थिति क़रिश्माई लगती है? उसकी दिखाई दिशा पर लोग विश्वास कर उसके पीछे चल देते हैं। इसलिए यह हमें समझने की ज़रूरत है कि नेतृत्व करना केवल माहौल तैयार करना या अपने सांस्कृतिक मूल्यों का निर्माण कर प्रसार करने के बारे में नहीं है। और ना ही यह लाभ-हानि या प्रभाव और प्रतिष्ठा से संबंधित है। सच पूछिए तो नेतृत्व का कार्य कुछ ऐसा है, जिससे प्रत्यक्ष और अप्रत्यक्ष रूप से जुड़े अनुयायी, कर्मचारी और ग्राहकों के जीवन के अनुभव को बेहतर बनाता है।

आज के इस असमंजस, भय और प्रलोभन से भरी व्यावसायिक संस्कृति में बदलाव समय की माँग है। पर यह बदलाव ऊपरी रूप से नहीं किया जा सकता। याद रखिए वर्क कल्चर का अर्थ कार्यस्थलों में पूल

की टेबल लगा देना, योगा रूम बना देना या सालाना मिलने वाले पद या प्रलोभन नहीं है। व्यावसायिक संस्कृति का सीधा सा अर्थ है कि कर्मचारी अपने महत्त्व को समझे। एक कुशल व्यावसायिक संस्कृति ऐसी जगह है, जहाँ लोगों को ऐसा माहौल दिया जाता है, जहाँ वह भयमुक्त होकर ख़ुद का महत्त्व समझ सकें। वे अपनी योग्यता और कुशलता को आत्म अनुशासित कर और भी बेहतर बना सकते हैं। याद रखिए एक योग्य लीडर अपने से जुड़े कर्मचारियों और फ़ॉलोवर्स को सिर्फ़ भीड़ की दृष्टि से नहीं देखता, बल्कि वह उन्हें अपने उद्देश्य को सार्थक करने लिए अभिन्न अंग मानता है। वह उनके कौशल और योग्यता को पहचान कर अपने लक्ष्यों की प्राप्ति के लिए उनके योगदान को महत्त्वपूर्ण समझता है। इसलिए वह उन्हें प्रेरित कर भविष्य में नेतृत्व करने के लिए तैयार करता है।

आज की इस संस्कृति में लोगों को यह जानना और सीखना बेहद ज़रूरी हो गया है कि वे इस आपाधापी भरे संसार में ख़ुद का नेतृत्व कैसे करें। अच्छी बात यह कि मनुष्य की ख़ास योग्यता और क्षमता पहचान कर, उनको ख़ास मक़सद देकर, विभिन्न चुनौतियों में प्रशिक्षित कर एक लीडर बनाया जा सकता है। हम पिछले कुछ अध्यायों में पढ़ चुके हैं कि एक योग्य लीडर बनने के लिए साहस, संयम, गरिमा, विनम्रता, सहयोगिता जैसे गुण का होना अनिवार्य है। यह मनुष्य के जन्मजात गुण हैं। जिसकी क्षमता हम निरंतर अभ्यास से बढ़ा सकते हैं। फिर अगर यहीं प्रशिक्षण हम अपने कार्यस्थलों में उपलब्ध करा सकें तो क्या हम किसी कर्मचारी को एक लीडर नहीं बना सकते? क्या हम उसे नई चुनौतियों के लिए नहीं तैयार कर सकते? बिलकुल कर सकते हैं, बशर्ते आपकी कंपनी के ढाँचे में वर्कस्पेस स्पिरिच्यूलिटी एक प्रमुख स्तंभ की तरह काम करती हो।

अगर हम ऐसे वर्कस्पेस की कल्पना करें, जहाँ कर्मचारियों के पास यह अवसर हो कि वे अपनी आत्म-नेतृत्व की क्षमता को अगले स्तर तक पहुँचा सकें, हमारे उद्देश्य में ख़ुद को पूर्णतः शामिल कर सकें, अपनी भूमिका, अपने महत्त्व को समझ सकें। अपनी योग्यता का उत्कृष्ट उदाहरण बन सके, तो स्पिरिच्यूलिटी वर्कस्पेस वो अहम कड़ी हो सकती है, जिससे आप अपनी कंपनी को एक मोटिवेटेड लर्निंग ऑर्गनाइज़ेशन में तब्दील कर सकते हैं। जो निश्चित रूप से विकास और परिवर्तन का एक बेहतर मॉडल

होगा। ऐसा मॉडल जहाँ आप लोगों को अपने उद्देश्य के साथ जोड़ कर, उनको नेतृत्व सौंप कर, उन्हें लीडर बना सकते हैं। अपने जाने के बाद की योजनाओं पर काम कर सकते हैं।

''ऐसे कार्यस्थल, जहाँ लोगों को उनके होने का अर्थ और उनका काम संतुष्टि प्रदान करते हों उस कार्यस्थल को आप वर्कस्पेस स्पिरिच्यूलिटी कह सकते हैं।''

हममें से अधिकांश लोगों का जीवन कार्यस्थल पर बीत जाता है। और एक समय के बाद यह जीवन के लक्ष्य, पैसा, पद, प्रतिष्ठा से भी ऊपर हम अपने काम में अर्थ और संतुष्टि खोजते हैं। ऐसा देखा गया है कि जिन कार्यस्थलों में लोग अपने काम के प्रति अधिक संतुष्ट और कॉमिटेड रहते हैं, वहाँ उत्पादकता प्रभावशाली ढंग से बेहतर हुई है। याद रखिए किसी को सिर्फ़ हम प्रमोशन या इनक्रिमेंट के नाम पर अपने उद्देश्य में शामिल होने के लिए प्रेरित नहीं कर सकते। सच तो यह है कि उन लक्ष्यों, उन उद्देश्यों को आसानी से हासिल किया जा सकता है, जिसमें अन्य ख़ुद को आपके लक्ष्यों में शामिल समझते हैं। जहाँ लोग कंपनी के उद्देश्यों के साथ जुड़ कर एक परिवार, एक मेंबरशिप की तरह अपनापन महसूस करते हैं।

महान उद्देश्यों की प्राप्ति के लिए आज की व्यावसायिक संस्कृति में स्पिरिच्यूलिटी वर्कप्लेस कारगर सिद्ध हो सकती है। स्पिरिच्यूलिटी वर्कप्लेस से आप लोगों को आपकी कंपनी के दृष्टिकोण, लक्ष्यों और संस्कृति के प्रति प्रतिबद्ध यानी कॉमिटेड होने के लिए विकसित, नेतृत्व कर एक टीम के रूप में प्रेरित और संगठित कर सकते हैं। यह लोगों को महत्त्व देने के बारे में है। यह लोगों को संपूर्ण रूप से जानने के बारे में है, ना कि केवल उस व्यक्ति के रूप को पहचानने के बारे है, जो कार्यालय आकर बस कार्य कर के चला जाता है। हमें देखने को मिलता है कि प्रत्येक व्यक्ति का एक बहुत बड़ा हिस्सा ऑफ़िस के दरवाज़े के बाहर छोड़ दिया जाता है। पर स्पिरिच्यूलिटी वर्कप्लेस ऐसे माहौल से संबंधित है, जहाँ लोग स्वयं को पूरी तरह से सहज महसूस कर, ख़ुद को कंपनी के उद्देश्यों में पूर्ण रूप से शामिल समझते हैं।

सरल शब्दों में स्पिरिच्यूलिटी वर्कप्लेस की अगर व्याख्या की जाए तो कह सकता हूँ, स्पिरिच्यूलिटी वर्कप्लेस वह संस्कृति है, जहाँ लोग अन्य लोगों से सहयोग और परस्पर प्रेम की भावना रखकर, निरंतर सीखने और

नई चुनौतियों का सामना कर कंपनी के दृष्टिकोण को धरातल पर उतारने के लिए नेतृत्व करते हैं। ऐसे कार्यस्थलों में कंपनी के विज़न को हासिल करने के लिए नेतृत्व सौंपा जाता है, जो औरों को समझने, सुनने, उनमें सुधार और विकसित करके नए नवाचार यानी इनोवेशन करने और फिर नए लीडर्स बनाने का प्रयास किया जाता है। ऐसी कंपनियों में हर एक कर्मचारी को एक मोड़ पर नेतृत्व करने का अवसर मिलता है। जहाँ उसे सहयोग और सराहना की भावना से एक लीडर बनाया जा सकता है।

हम यह पहले बात कर चुके हैं कि सबकुछ आप अकेले नहीं कर सकते। एक सशक्त और प्रभावशाली लीडर बनने के लिए आपको एक टीम के रूप में कार्य करना होगा। प्रभावशीलता के लिए आपको अपने नेतृत्व प्रभाव की सीमा निर्धारित करनी होगी। आपको यह स्पष्ट करना होगा कि आपकी उपलब्धता कहाँ-कहाँ है। आप कहाँ-कहाँ मौजूद हो सकते हो। हो सकता है आप अपने व्यवसाय की सभी ज़रूरतों को पूरा करने में ख़ुद को किसी और से बेहतर पाएँ पर इससे निश्चित ही आपकी कंपनी की वृद्धि धीरे होगी। पर जब आप वहीं अपने लक्ष्यों के लिए दूसरों को शामिल कर उनको नेतृत्व सौंपते हैं तो आप समय और ऊर्जा की काफ़ी बचत कर नई चुनौतियों को आजमा सकते हैं। पर सवाल यह है कि आख़िर नेतृव किसे सौंपा जाए?

"कहते हैं, सत्ता इंसान को भ्रष्ट बनाती है, और पूर्ण शक्ति चरित्र को पतित कर देती है।"

हमें अक्सर यह सुनने को मिलता है कि कई बार सत्ता या कुर्सी की भूख इंसान को पतन की ओर अग्रसर कर देती है। ऐसा इसलिए नहीं है कि किसी पद या कुर्सी से मिली 'शक्ति' कोई बुरी चीज़ है, जिसके मिलते ही मनुष्यों में व्यहवारिक रूप से अनीतिगत बदलाव आ जाते हैं, और वे भ्रष्ट कार्य करने लगते हैं। दरअसल, शक्ति लोगों के असल चरित्र को प्रकट करती है, जिसके प्रति वे अतिसंवेदनशील हैं। अगर हम अपना जीवन देखें तो पाएँगे हम कई मामलों में अति संवेदनशील हैं। हम लोभ से भरे हैं, हम द्वेष और नफ़रत से भरे हैं। हम बड़ी-बड़ी महत्त्वाकांक्षाओं से घिरे हैं। यहाँ तक हमने जो अपने अहंकार पाल रखे हैं उसके प्रति भी बहुत संवेदनशील है। कोई इनको छू भर दे हम उत्तेजित हो जाते हैं। हम दुनिया के सामने ख़ुद

को प्रमाणित करना चाहते हैं। सच पूछिए तो हम अपने स्वार्थ के आगे कुछ नहीं सोच पाते। ऐसे में जब शक्ति हमारे हाथ में होती है तो अक्सर इसके साथ आई ज़िम्मेदारियों और कर्तव्यों को छोड़ कर इसका दुरुपयोग अपने स्वार्थ की भरपाई करने में लग जाते हैं।

मनुष्य का जीवन अतीत से मिली कुंठाओं, हीनताओं और भविष्य को लेकर कल्पनाओं से कुपोषित है। उसका मन जीवन में हासिल किए गए अनुभवों, पद, प्रतिष्ठा, उपलब्धियों के अहंकार से ग्रसित है। वह ख़ुद को फुसलाता रहता है कि वह किसी से कम नहीं है। पर इस संसार में ना तो संभावनाओं की कमी है, ना ही योग्यता और क्षमता की, इसलिए जब कोई उससे कम या श्रेष्ठ मिलता है तो वह दुनिया के सामने ख़ुद को बेहतर बताने या दिखाने का प्रयास करता है। और दुर्भाग्य की बात है कि मन ख़ुद को श्रेष्ठ दिखाने का सिर्फ़ एक ही तरीक़ा जानता है और वह यह है कि सबको ख़ुद से कमतर आंको। मन दूसरों पर अधिकार चाहता है, शक्ति चाहता है, प्रतिष्ठा चाहता है। इसलिए इसका संतुलन और नियंत्रण आवश्यक है। क्योंकि शक्ति का विरोध किया जाना बहुत ही मुश्किल है। आपने अतीत में ग़रीबी देखी है, पद आते ही आप अपनी तिजोरियाँ भरना चाहेंगे। किन्हीं कारणों से जीवन में आपको अवहेलना झेलनी पड़ी है। सत्ता में आते ही उन सभी लोगों को अपना रुतबा दिखना चाहेंगे। हो सकता है किन्हीं बातों पर आपका विरोध हुआ हो, कुर्सी पर बैठते ही, शक्ति पाते ही आप उन्हें कुचलना चाहेंगे।

कुर्सी हर किसी को इसलिए प्यारी लगती, क्योंकि वह यह भ्रम लेकर आती है कि वे श्रेष्ठ है और अपने शक्ति के अंतर्निहित वह किसी के साथ कुछ भी कर सकते हैं, कह सकते हैं। इसलिए जो जहाँ है, जिस भी कुर्सी पर बैठा है वह उसे पकड़ कर बैठा है, वह इसे छोड़ना नहीं चाहता। सोचते हैं, अगर कुर्सी गई तो साथ में उनकी प्रसिद्धि, उनका नाम भी मिट जाएगा। पर याद रखिए आपकी प्रसिद्धि, आपकी योग्यता और क्षमता पर निर्भर करती है, आपकी कुर्सी पर नहीं। इसलिए हमें सदैव इस बात का ख़याल रखना चाहिए कि कुर्सी की वजह से आपका क़द नहीं बढ़ा है, बल्कि आपका क़द बड़ा होने से कुर्सी पर आपको बैठाया गया है। इसलिए कहता हूँ अगर जीवन में आदर देना हो तो उन चीज़ों का आदर दो जो आपके किरदार के

सौंदर्य को बढ़ाता हो। ये धन, दौलत, पद प्रतिष्ठा तो स्वयं आपके पीछे-पीछे चली आएँगी।

किसी को नेतृत्व सौंपना बहुत ही जटिल और ज़िम्मेदारी भरा काम है। हो सकता है आपके कार्यालय में बहुत अच्छे लेखक हों, डिज़ाइनर हों, वेब डेवलेपर हों, सेल्स और मार्केटिंग या किसी अन्य क्षेत्र के महारथी हो पर यह विशेषज्ञता काफ़ी नहीं है, जो उन्हें योग्य लीडर बना दे। याद रखिए अपने काम, अपने क्षेत्र में निपुण होना और एक टीम को नेतृत्व करना दो अलग बातें हैं। नेतृत्व का सीधा-सा मतलब किसी उद्देश्य के प्राप्ति के लिए अन्य व्यक्तियों को सामूहिक रूप से प्रयास करने के लिए प्रभावित और प्रेरित करना है। लोगों को साथ लेकर बढ़ना है, उनको महत्त्व देना और समझना है, दिशा दिखानी है, लक्ष्यों की प्राप्ति के लिए निरंतर सीखना है, समस्याओं के सामाधान ढूंढ़ने हैं और सबसे बड़ी बात परिणामों की ज़िम्मेदारी लेनी है। ना कि सिर्फ़ कुर्सी और प्रमोशन की लालसा।

नेतृत्व सौंपना या लीडर बनाना उन शक्तियों का भी स्थानांतरण है, जिससे आपकी कंपनी और आपके कर्मचारियों पर गहरा प्रभाव पड़ सकता है। इसीलिए हमें किसी भी स्तर का लीडर चुनते वक़्त बहुत ही सजगता और सावधानी बरतनी चाहिए। याद रखिए बुरा लीडर बुरा इसलिए है, क्योंकि वह अपने स्वार्थ के अतिरिक्त कुछ नहीं सोचता और अच्छा लीडर वह है, जो अपने स्वार्थ से पहले दूसरों का स्वार्थ देखता है। पर एक योग्य नेतृत्व कौशल के लिए यह गुण पर्याप्त नहीं है। हमें किसी व्यक्ति के उन गुणों पर भी प्रकाश डालने की ज़रूरत है, जिसका हम मूल्यांकन कर या प्रशिक्षण देकर 'भविष्य' के लिए एक योग्य लीडर तैयार कर सकते हैं।

उद्देश्य और लक्ष्यों के प्रति समर्पण

नेतृत्व का उद्देश्य किसी संगठन में लोगों को सामान्य संगठनात्मक उद्देश्यों और लक्ष्यों की प्राप्ति की दिशा में काम करने के लिए मार्गदर्शन करना है। इसलिए जो व्यक्ति आपकी कंपनी के उद्देश्यों के प्रति समर्पण की भावना रखता हो, ख़ुद से बढ़कर कंपनी के मूल्यों को मानता हो, ऐसा व्यक्ति निष्ठापूर्वक नेतृत्व भूमिकाओं में उपयोगी सिद्ध होता है। जिसका प्रभाव से अन्य लोगों और उनके प्रयासों को एक साथ लाने में कारगर सिद्ध होता

है। सच पूछिए तो असल जीवन में अर्थ और उद्देश्य के प्रति प्रतिबद्धता ही समर्पण है। यह विश्वास है। यह सफलता का द्वार है। बिना समर्पण की भावना के जीवन में कोई भी लक्ष्य हासिल नहीं किया जा सकता। समर्पण की भावना के साथ जब हम कोई भी कार्य करते हैं तो इसके निश्चित ही सकारात्मक परिणाम मिलते हैं।

समर्पण आपको आत्म-अनुशासन बनाने की अनुमति देता है। यह महत्त्वपूर्ण है, क्योंकि यह आपको ट्रैक पर बने रहने और अपने लक्ष्यों तक पहुँचने में मदद करता है। समर्पण आपके जुझारू और जुनूनी व्यक्तित्त्व को निखारता है। यह भाव किसी कार्य में डूबे रहने के लिए समर्पित करता है। फिर मनुष्य को अपने लक्ष्यों के अलावा और कुछ नहीं दिखता। यह आपको बेहतर निर्णय लेने में मदद करता है। आगे बढ़ने के लिए अग्रसर करता है। एक सफल कंपनी बनाने के लिए समर्पण की भावना अति आवश्यक है। याद रखिए समर्पण की भावना आत्मिक है, इसे किसी व्यक्ति में बाहरी रूप से नहीं थोपा जा सकता। यह आंतरिक अनुभूति है। इसलिए यह ज़रूरी है कि आप स्पिरिच्यूलिटी वर्कस्पेस संस्कृति अपना कर लोगों को समान उद्देश्य के लिए प्रेरित करें, तभी आपको सफलता हासिल हो सकती है।

सक्रियता जीवन में अग्रसर रहने की कुंजी है।

''महान लीडर कभी भी जल्दबाजी में कार्य नहीं करते। वे परिस्थितियों से घबराते नहीं है, बल्कि उन चीज़ों पर ध्यान केंद्रित करते हैं, जिनको वह नियंत्रित कर सकते हैं।''

हम चाहे कितने ही स्मार्ट, परिपक्व, समझदार या अमीर हों। हम सभी को समस्याओं का सामना करना पड़ेगा। एक बिज़नेस लीडर्स होने की वजह से हमें हर दिन चुनौतीपूर्ण परिस्थितियों का सामना करना पड़ेगा। हम इनसे मुँह नहीं फेर सकते। हम उनसे भाग नहीं सकते। पर हम उन चुनौतियों का जवाब कैसे देते हैं यह अक्सर इस बात से प्रभावित होता है कि हम नेतृत्व के लिए प्रोएक्टिव यानी सक्रिय दृष्टिकोण अपनाते हैं या नहीं। आज की भागदौड़ भरी जीवनशैली में, सक्रियता एक सफल लीडर बनने के लिए महत्त्वपूर्ण गुण है। एक सक्रिय लीडर अतीत से सीखता है और भविष्य के लिए अग्रसर रहता है। वह चुनौतियों का अनुमान लगाता है और सबसे ख़ास बात समस्याओं से निपटने के लिए उसके पास एक योजना होती है।

एक योग्य लीडर कभी भी जल्दबाज़ी नहीं करता, वह भविष्य की योजनाओं के साथ चलता है। वह जानता है कि समय उसके हाथ में नहीं है और ना ही उसकी प्रतिक्रिया बाहरी परिस्थितियों में घटती है, जिसे वह नियंत्रित नहीं कर सकता। हमारी सक्रियता हमें उन चीज़ों पर ध्यान केंद्रित करने की अनुमति देती है, जिसे हम नियंत्रित कर सकते हैं। किसी भी समस्या के समाधान के लिए यह जानना बहुत ज़रूरी हो जाता है कि हमारे हाथ में क्या है और क्या नहीं। अगर वास्तव में देखा जाए तो जो चीज़ हमारे ऊपर निर्भर है, वह है हमारी भावनाएँ, हमारे निर्णय, हमारी रचनात्मकता, हमारा रवैया, हमारा दृष्टिकोण, हमारी महत्त्वाकांक्षाएँ, फ़ैसले और हमारा संकल्प।

''अगर आप किसी समस्या रूपी वृक्ष का वास्तविक हल चाहते हैं तो केवल पत्तियों को तोड़ने के बजाय उसकी जड़ों को खोदिए।''

किसी भी नेतृत्व का प्रमुख कार्य सक्रिय रूप से समाधान तलाशना है। जिसके लिए समस्या के कारण या जड़ों को जानना आवश्यक है। एक लीडर के तौर पर हम समस्याओं के समाधान के लिए भाग्य के भरोसे नहीं बैठे रह सकते। याद रखिए, कोई समस्या तब तक हल नहीं हो सकती, जब तक आप इसकी ज़िम्मेदारी नहीं लेते कि यह आपको कैसे प्रभावित करती है और आप इस परिस्थिति में क्या अलग कर सकते हैं। आपको निरंतर दोहराना होगा कि, ''यह मेरी समस्या है और इसे हल करना मेरे ऊपर है।'' यह जीवन जीने का रोमांचक तरीक़ा है, जहाँ आप एक लीडर के तौर पर चुनौतियों का अनुमान लगाकर, समस्याओं को सक्रिय रूप से निपटाकर अपनी कंपनी, अपनी टीम को सफलता की ओर अग्रसर कर सकते हैं और असाधारण परिणाम प्राप्त कर सकते हैं।

''समय प्रबंधन कार्यों को प्राथमिकता देने की अद्भुत कला है।''

''कार्यों को प्राथमिकता देने की क्षमता एक मौलिक कौशल है, जो किसी लीडर को बाक़ियों से अलग कर महान बनाती है।''

आज की इस लगातार विकसित हो रही दुनिया में नेतृत्व पहले से कहीं ज़्यादा जटिल हो गया है। एक बिज़नेस लीडर होने के नाते हम एक साथ कई योजनाओं पर काम करते हैं, इसलिए समय का कुशलतापूर्वक प्रबंधन करना भी हमारे लिए बहुत महत्त्वपूर्ण बन जाता है। समय प्रबंधन का

सीधा सा अर्थ है- कार्यों को प्राथमिकता देने की क्षमता। यानी उन चीज़ों को महत्त्व देना, जो वाक़ई हमारे लिए मायने रखती हैं।

हम जानते हैं कि एक लीडर का जीवन ज़िम्मेदारियों से भरा रहता है। योजनाओं की देखरेख से लेकर नीतिगत फ़ैसले लेने तक, एक कोच की भूमिका से लेकर, समस्या समाधान तक। एक लीडर का जीवन किसी भागती ट्रेन की तरह होता है, जो ना जाने कितने स्टेशनों को नज़रअंदाज़ करते अपने निर्धारित प्लॅटफ़ॉर्म पर कुछ समय रुक कर मंज़िल की तरफ़ अग्रसर हो जाती है। समय प्रबंधन का अर्थ है कि हमें यह निर्धारित करना है कि हम कहाँ रुकें, कितनी देर ठहरें और गंतव्य की तरफ़ अग्रसर हो जाएँ।

एक लीडर होने के नाते हमें अपने कार्यों को तात्कालिकता और महत्त्व के आधार पर प्राथमिकता देने की कला में महारत हासिल करना आवश्यक है। हमें यह तय करना होता है कि अपने उद्देश्य की प्राप्ति के लिए कौन से कार्य महत्त्वपूर्ण है। प्राथमिकता हमें संसाधनों को प्रभावी ढंग से आवंटित करने, जोख़िमों का प्रबंधन करने और उदाहरण के साथ नेतृत्व करने की अनुमति देता है।

प्रभावी संचार : महान लीडर की संजीवनी

एक अच्छे और प्रभावी नेतृत्व के लिए संचार एक आवश्यक कौशल है। एक लीडर अच्छा कम्यूनिकैटर होता है, जो अपने आसपास के लोगों को प्रेरित कर सशक्त बनता है। कोई भी प्रभावी नेतृत्व एक टीम की तरह काम करती है। आप उसकी प्रभावशीलता का मूल्यांकन इस आधार पर कर सकते हैं कि वह एक टीम के रूप में किसी कार्य को बिना किसी रुकावट के कितने समय में पूरा कर सकते हैं। इन लक्ष्यों को हासिल करने में संचार कौशल बहुत महत्त्वपूर्ण भूमिका निभाता है। यह लक्ष्यों और ज़िम्मेदारियों को स्पष्ट रूप से परिभाषित करके वांछित परिणाम प्राप्त करने के लिए टीम के सदस्यों को एक साथ लाता है। उनमें विश्वास बढ़ाता है।

संचार कौशल किसी भी लीडर को टीम के सदस्यों के लक्ष्यों को स्पष्ट रूप से परिभाषित करने में मदद करते हैं। यह टीम के सदस्यों के लक्ष्यों और इच्छाओं को समझने और उनकी शिकायतों को हल करने में भी मदद करता

है। प्रभावी संचार कौशल नेताओं और उनकी टीमों के बीच एक खुले और अच्छे तालमेल को बढ़ावा देने में भी मदद करते हैं, जिससे उत्पादकता और दक्षता बढ़ती है। इसलिए, यह स्पष्ट है कि प्रभावी संचार कौशल नेतृत्व में महत्त्वपूर्ण भूमिका निभाते हैं।

अंत में मैं आपसे यही कहना चाहता हूँ कि अगर आपके कर्म दूसरों को और अधिक सपने देखने, उनमें जीने, सीखने, करने और बेहतर बनने के लिए प्रेरित करते हैं तो निश्चित ही आप एक सफल बिज़नेस लीडर बन सकते हैं। एक ऐसा लीडर जो अपने असाधारण नेतृत्व से दूसरों के व्यक्तिगत विकास पर प्रभाव डाल सकता है। उनको तैयार कर नेतृत्व के साँचे में ढाल सकता है।

हम अपने जीवन को देखें तो यह पल-पल ऐसे ही गुज़रते जा रहा है। ना चाहते हुए भी हमारे क़दम धीरे-धीरे मृत्युशैया की तरफ़ बढ़ते जा रहे। फिर भी अपनी महत्त्वाकांक्षा की खोज में भटके जा रहे हैं। जीवन का हमें सार नहीं पता और हम दौड़े जा रहे हैं। आख़िर यह दौड़ किसलिए है? ऐसा क्या है जो हमारे जीवन को तृप्त कर सकती है? ऐसी कौन-सी कमाई है जो अंतकाल भी हमसे नहीं छीन सकती? सच कहूँ तो हमारा जीवन सिर्फ़ इसी हिसाब किताब में बीता जा रहा है कि हमने अपने जीवन में क्या जोड़ा क्या घटाया, क्या पाया किसको हटाया। पर हक़ीक़त तो यह है कि जो हमने पाया है वह यहीं धरा रह जाएगा, जो बनाया है वह यहीं पीछे छूट जाएगा। जीवन भर हम समझदार बनने की कोशिश करते रहते हैं। हम पग-पग पर अपनी चतुराई दिखाई। पर अंत में हासिल क्या होगा? जवाब है कुछ नहीं।

याद रखिए जीवन में सफलता स्थाई है। वह आज है तो कल नहीं होगी। वह जिस रूप में आपको आज मिली है कल वह दूसरे रूप में मिलेगी। इसलिए सफलता के रूप में नाम धन, पद, प्रतिष्ठा को ही सफलता समझना व्यर्थ है।

सच कहूँ तो जीवन में अगर कुछ कमाया जा सकता है तो वह धन आंतरिक है। यह धन आपका ध्यान है, यह धन आपका होश है, आपकी सहजता, सतर्कता, संयम और संघर्ष है। यह धन पा लिया तो उपहार स्वरूप धन, पद, प्रतिष्ठा स्वयं आपके पीछे-पीछे आ जाएगी। जीवन में यह आंतरिक धन हासिल कर लिया तो फिर जो यह व्यापार है, जो यह बाज़ार

है वह बाहर नहीं रह जाएगा। फिर व्यापार भीतर है। तब आप बाहरी दुनिया में दौड़ते-हाँफते-थकते नहीं दिखेंगे। आपकी दिशा भीतरी होगी। आपकी चाल, आपकी गति भीतरी होगी। आपकी साझेदारी भीतरी होगी। और अपनी राह पर चलने वाला मुसाफ़िर फिर भटकाव नहीं महसूस करता। जब आपकी एक बार साझेदारी भीतरी हो जाती है तब आप लाभ-हानि की दौड़ से ऊपर उठ जाते हैं। फिर आप सफलता-असफलता के नियम मात्र से मुक्त हो जाते हैं। जीवन में हमें इसी भीतरी धन को कमाना है। और अगर आप इस भीतरी धन को कमाने से चूक जाते हैं तो मैं निश्चित रूप से कह सकता हूँ, आपकी कंपनी का अंत होना तय है।

कुछ ऐसी कंपनियाँ जो सैकड़ों साल से अस्तित्व में हैं

1. **Kongo Gumi (578, Japan) :**

   जापान के सबसे पुराने मंदिरों के निर्माण के लिए प्रसिद्ध इस कंपनी की स्थापना शिगेचि कोंगो ने की थी। यह बौद्ध मंदिरों के निर्माण में विशेषज्ञता रखती है।

2. **Nishiyama Onsen Keiunkan (705, Japan) :**

   इस होटल की स्थापना फुजिवारा महितो ने की थी। यह होटल आज भी उसी परिवार द्वारा संचालित है और निरंतर संचालन में है।

3. **St. Peter Stifts Kulinarium (803, Austria) :**

   यह रेस्तरां सेंट पीटर एबे के भीतर स्थित है और इसके दस्तावेज़ 803 AD से हैं, जो इसे दुनिया का सबसे पुराना रेस्तरां बनाते हैं।

4. **Sean's Bar (900, Ireland):**

   900 AD में स्थापित यह बार अपने ऐतिहासिक महत्त्व और प्राचीन वातावरण के लिए प्रसिद्ध है।

5. **Weihenstephan Brewery (1040, Germany):**

   यह ब्रूवरी एक बवेरियन मठ में शुरू हुई और आज भी दुनिया की सबसे पुरानी ब्रूवरी के रूप में कार्यरत है।

6. **Munke M7lle (1135, Denmark) :**

यह फ़्लोर मिल डेनमार्क के ओडेंस में स्थित है और 1135 AD में स्थापित हुई थी।

7. **Cambridge University Press (1534, UK) :**

कैम्ब्रिज विश्वविद्यालय द्वारा स्थापित, यह दुनिया का सबसे पुराना पब्लिशिंग हाउस है।

8. **Beretta (1526, Italy) :**

बार्टा फ़ैमिली द्वारा स्थापित यह कंपनी दुनिया की सबसे पुरानी हथियार निर्माता कंपनी है।

9. **Shumiya Shinbutsuguten (1024, Japan) :**

यह कंपनी धार्मिक वस्त्रों और आइटम्स का निर्माण करती है और इसकी शुरुआत 1024 AD में हुई थी।

10. **Tassel (1548, Belgium):**

बेल्जियम में स्थापित यह ब्रूवरी दुनिया की सबसे पुरानी ब्रूवरी में से एक है।

11. **Kremnica Mint (1328, Slovakia) :**

यह मिंटिंग फ़ैक्टरी 1328 AD में स्थापित हुई थी और अब भी सिक्कों का निर्माण करती है।

12. **Barovier Toso (1295, Italy) :**

यह ग्लासमेकर 1295 AD में मुरानो, इटली में स्थापित हुई थी और अब भी विशेष ग्लासवेयर बनाती है।

13. **Royal Delft (1653, Netherlands) :**

डेल्फ़्टवेयर निर्माता रॉयल डेल्फ़्ट की स्थापना 1653 AD में हुई थी और यह आज भी डच मिट्टी के बर्तन बनाती है।

14. **F. lli Piacenza (1733, Italy) :**

यह वूल मिल 1733 में इटली में स्थापित हुई थी और उच्च गुणवत्ता वाले वूलन प्रोडक्ट्स बनाती है।

15. **Lloyd' s of London (1688, UK) :**

यह बीमा बाज़ार 1688 में एक कॉफ़ी हाउस में शुरू हुआ और आज दुनिया के प्रमुख बीमा बाज़ारों में से एक है।

16. **Swarovski (1895, Austria) :**

डैनियल स्वारोव्स्की ने इस कंपनी की स्थापना की और यह क्रिस्टल उत्पादन के लिए प्रसिद्ध है।

17. **Veuve Clicquot (1772, France) :**

इस शैंपेन हाउस की स्थापना फ़िलिप क्लिको ने की थी और यह अपनी उच्च गुणवत्ता वाली शैंपेन के लिए प्रसिद्ध है।

18. **Antinori (1385, Italy) :**

यह वाइनरी 1385 में स्थापित हुई थी और आज भी एंटिनोरी परिवार द्वारा संचालित है।

19. **Roku Gin (1658, Japan) :**

यह डिस्टिलरी 1658 में स्थापित हुई थी और यह जापान की सबसे पुरानी जिन निर्माता कंपनी है।

20. **Tanqueray (1830, UK) :**

चार्ल्स टैंकरे ने 1830 में इस जिन डिस्टिलरी की स्थापना की थी।

21. **Mot Chandon (1743, France) :**

क्लाउड मोएट द्वारा स्थापित यह कंपनी दुनिया की सबसे प्रतिष्ठित शैंपेन निर्माता कंपनियों में से एक है।

22. **Twinings (1706, UK) :**

यह चाय कंपनी 1706 में थॉमस ट्विनिंग द्वारा स्थापित की गई थी और यह अपनी उच्च गुणवत्ता वाली चाय के लिए जानी जाती है।

23. **Kikkoman (1917, Japan) :**

यह सोया सॉस निर्माता कंपनी 1917 में जापान में स्थापित हुई थी और यह अपनी उच्च गुणवत्ता वाली सोया सॉस के लिए प्रसिद्ध है।

24. **Lalique (1888, France) :**

रेने ललिक द्वारा स्थापित, यह कंपनी क्रिस्टल और गहनों के निर्माण में माहिर है।

25. **Saint-Gobain (1665, France) :**

यह कंपनी किंग लुई XIV के शासनकाल में स्थापित की गई थी और यह उच्च गुणवत्ता वाले ग्लास उत्पादन के लिए जानी जाती है।

26. **Colman' s (1814, UK) :**

यह मसाले और सॉस निर्माता कंपनी 1814 में स्थापित हुई थी और यह अपने मस्टर्ड के लिए प्रसिद्ध है।

27. **Jim Beam (1795, US-) :**

जिम बीम डिस्टिलरी 1795 में स्थापित हुई थी और यह दुनिया की सबसे पुरानी बोरबन डिस्टिलरी है।

28. **Bacardi (1862, Cuba) :**

फ़ैकुंडो बकार्डी ने 1862 में इस रम डिस्टिलरी की स्थापना की थी और यह आज भी परिवार द्वारा संचालित है।

29. **Erdinger (1886, Germany) :**

यह व्हीट बीयर निर्माता 1886 में स्थापित हुआ था और यह दुनिया की सबसे पुरानी व्हीट बीयर निर्माता कंपनियों में से एक है।

30. Ballantine' s (1827, UK) :

जॉर्ज बलंटाइन द्वारा स्थापित यह कंपनी दुनिया की सबसे पुरानी स्कॉच व्हिस्की निर्माता कंपनियों में से एक है।

31. Boehringer Ingelheim (1885, Germany) :

अल्बर्ट बोहरिंगर ने 1885 में इस फ़ार्मास्यूटिकल कंपनी की स्थापना की थी और यह आज भी परिवार द्वारा संचालित है।

32. Merck Group (1668, Germany) :

यह कंपनी 1668 में डार्मस्टाट, जर्मनी में स्थापित हुई थी और यह दुनिया की सबसे पुरानी फ़ार्मास्यूटिकल और केमिकल कंपनी है।

33. SmithKline Beecham (1830, UK) :

यह फ़ार्मास्यूटिकल कंपनी 1830 में स्थापित हुई थी और यह उच्च गुणवत्ता वाली दवाओं के लिए जानी जाती है।

34. GKN (1759, UK) :

यह इंजीनियरिंग कंपनी 1759 में स्थापित हुई थी और यह विभिन्न उद्योगों के लिए उत्पाद बनाती है।

35. Kraft Heinz (1869, US-) :

यह फूड कंपनी 1869 में हेनरी हेंज द्वारा स्थापित की गई थी और यह विभिन्न प्रकार के खाद्य उत्पादों के लिए प्रसिद्ध है।

36. Nestle (1867, Switzerland) :

यह फूड ऐंड बेवरेज कंपनी 1867 में हेनरी नेस्ले द्वारा स्थापित की गई थी और यह दुनिया की सबसे बड़ी फूड ऐंड बेवरेज कंपनियों में से एक है।

37. PepsiCo (1898, USA) :

केलिब ब्रैडहम ने 1898 में पेप्सी का आविष्कार किया और बाद में इसे एक कंपनी के रूप में स्थापित किया।

38. Unilever (1929, UK) :

यह फूड ऐंड बेवरेज कंपनी 1929 में यूनिलीवर के रूप में स्थापित हुई थी और यह विभिन्न प्रकार के उपभोक्ता उत्पादों के लिए प्रसिद्ध है।

39. Procter Gamble (1837, USA) :

विलियम प्रॉक्टर और जेम्स गैंबल ने 1837 में इस कंपनी की स्थापना की थी। यह कंपनी साबुन और मोमबत्ती बनाने से शुरू हुई और अब यह दुनिया की सबसे बड़ी उपभोक्ता वस्त्र कंपनियों में से एक है।

40. Colgate-Palmolive (1806, USA) :

विलियम कोलगेट ने 1806 में न्यू यॉर्क में एक साबुन और मोमबत्ती फ़ैक्टरी के रूप में शुरुआत की थी। बाद में यह कंपनी टूथपेस्ट और अन्य उपभोक्ता वस्त्र बनाने लगी।

41. General Electric (1892, USA) :

थॉमस एडिसन की एडिसन जनरल इलेक्ट्रिक कंपनी के विलय से बनी, यह कंपनी बिजली और प्रकाश उपकरणों के निर्माण में माहिर है।

42. Siemens (1847, Germany) :

वर्नर वॉन सीमेंस और जोहान जॉर्ज हेल्सके ने 1847 में इस कंपनी की स्थापना की थी। यह कंपनी इलेक्ट्रिकल इंजीनियरिंग और इलेक्ट्रॉनिक्स में विशेषज्ञता रखती है।

43. Toshiba (1875, Japan) :

तनाका हिसाशिगे ने 1875 में इस कंपनी की स्थापना की थी। यह कंपनी इलेक्ट्रिकल उपकरणों और इलेक्ट्रॉनिक्स के निर्माण में माहिर है।

44. Philips (1891, Netherlands) :

गेरार्ड फ़िलिप्स और उनके पिता फ्रेडरिक ने 1891 में इस कंपनी की स्थापना की थी। यह कंपनी लाइटिंग और इलेक्ट्रॉनिक उपकरणों के लिए प्रसिद्ध है।

45. Nokia (1865, Finland) :

फ्रेडरिक इडेस्टम ने 1865 में एक लकड़ी की मिल के रूप में शुरुआत की थी। बाद में यह कंपनी टेलीकॉम और मोबाइल फ़ोन निर्माण में प्रमुख बन गई।

46. IBM^2 (1911, USA) :

चार्ल्स रैनलिट फ़्लिंट ने 1911 में कंप्यूटिंग-टैबुलेटिंग-रिकॉर्डिंग कंपनी के रूप में स्थापना की थी। यह कंपनी बाद में इंटरनैशनल बिज़नेस मशीन्स (IBM^2) बन गई और कंप्यूटर हार्डवेयर और सॉफ़्टवेयर में माहिर है।

47. Coca-Cola (1892, USA) :

जॉन पेम्बर्टन ने 1886 में कोका-कोला का आविष्कार किया था और बाद में एसा कैन्डलर ने 1892 में इसे एक कंपनी के रूप में स्थापित किया।

48. Ford Motor Company (1903, USA) :

हेनरी फ़ोर्ड ने 1903 में इस कंपनी की स्थापना की थी। यह कंपनी ऑटोमोबाइल निर्माण में दुनिया की प्रमुख कंपनियों में से एक है।

49. Peugeot (1810, France) :

यह कंपनी 1810 में एक फ़ैमिली मिल के रूप में शुरू हुई थी और बाद में ऑटोमोबाइल और साइकिल निर्माण में प्रमुख बन गई।

50. Toyota (1937, Japan) :

कीइचिरो टोयोडा ने 1937 में इस कंपनी की स्थापना की थी। यह कंपनी आज दुनिया की सबसे बड़ी ऑटोमोबाइल निर्माताओं में से एक है।

ये कंपनियाँ सैकड़ों सालों से अपने उद्योगों में अग्रणी हैं और इन्हें अपनी गुणवत्ता, नवाचार और निरंतरता के लिए विश्वव्यापी पहचान मिली है।